寺地春奈
てらちはるな
黃詩婷 譯

我以為大人不會哭

大人は泣かないと思っていた

導讀——

柔軟的反轉

作家◆林楷倫

剝完柚子，我受不了手上柚子皮油的苦味，總會先洗手，深怕柚子果肉被我手上的苦沾染。嚐到苦，不一定會哭，有時，是苦後的甜讓人泛淚。

看到寺地春奈《我以為大人不會哭》的書標時，如同看影片看到前方高能注意，我都準備好了不哭的防線。

卻從柚子被偷開始，七十八歲的單親爸爸時田正雄及其過得無趣生活的獨生子時田翼，我心裡想這能引起什麼波瀾？拜託，我身為單親兒子及其無聊生活的代表，我想不出有什麼好哭的，偶爾還會來個伊底帕斯情結。

偷柚子的鄰居，是闖入時田家的領域。我們大多都選擇厭惡闖入者，時田家一開始也是如此。然而，當我們進入闖入者的家中，坐下來那一刻就沒有什麼恨了。當初代柚子賊嫌犯田中絹江臥床，外孫女小柳檸檬做起柚子糖漿，時田翼沒多聊什麼人生故事，他只是看看他人的與自己的人生交錯。

寺地春奈的故事從這裡展開，抓取了以時田翼為中心的周圍人物，有對時田翼說不出口的平野、因偷柚子而漸漸熟識的小柳檸檬、離開時田家的母親……等等。我以為這本小說會是以時田翼作為放射狀的敘事，但更像是每個人一條線，時田翼只是作為勾連。透過描寫各色角色的日常生活，讀者觀看的則是這些角色對於事件的觀點。要記住小說角色是不可能互相知道彼此的心意，寺地春奈活用了這點，告訴我們：「人呀，是無法單靠表面就瞭解彼此。」

得說出來，得做出來，不管行為言語是多　不合時宜，有點白目又何妨。我們都遇過對不熟的人好奇卻問不出口的情況，怕一問失禮；也遇過對熟識的人只會話說一半，想讓熟識的人得知潛臺詞。寺地春奈反過來讓讀者看看，對話過程如果將這些話語講出來或是被拆穿會是哪種模樣。

其實沒有想像中尷尬，有種進入裸湯就不怕全裸，進入地獄就不怕魔鬼的幽默感。我尤其喜歡暗戀時田的平野小姐與其同事亞衣，在婚紗店遇到想像中的情敵小柳的橋段。

亞衣就直接開問了：「妳在跟時田先生交往嗎？」

「我不想回答。」

小柳檸檬用吸管喝著柳橙汁，平心靜氣地說。

「咦，為什麼？」

亞衣的臉色有點不好看。

「因為我不想跟沒有那麼熟的對象，說我有沒有在跟誰交往。」

亞衣跟小柳檸檬的對話都有點不合時宜，但最重要的是這篇章是以平野的視角論述，在短短對話中，平野個性卻是被隱藏變成觀看者的角色，但觀看也是一種個性呀。我總想這本小說是本「日常系」的小說，書寫小說人物的生活細節，劇情由小小的事慢慢串起，情感是微糖少冰般的剛好，偶爾下的調味像是雞排攤的小辣，有點過頭但一切都如此必要。寺地春奈的小說光譜有點類似青山七惠或是平安壽子，更帶有點點的調皮，這類書寫還有個特點是「溫柔」。寺地春奈的溫柔在於每個人都有難處，我們也都知道如何解決，就像是問感情唯一解方是分手，問借錢唯一回答是沒有。若身入其境，誰也不知道該怎麼處理。寺地春奈給了個尷尬的情境，當時田翼的離家母親廣海對時田翼說起可以逃走這句話時：

「我說啊，你不用覺得孩子一定要照顧父母。雖然他什麼事都不會做，但等到只剩他一個人的時候，自然會有辦法的啦。哦不，他肯定要自己想辦法。翼，你不需要一個人背負一切。」

我正想脫口說出「你可以逃走啊」，卻又馬上閉嘴，因為翼正抿緊了嘴唇看著我。

「七種。」

翼冷靜說著。「七種。」他又說了一次，然後垂下眼簾。

時田翼回的並不是諷刺，而是現況，但現況就足以讓人反省。

書裡環繞著親情、病痛、愛情、職業，卻並不偏重於死亡或是恨這類的大情節。該怎麼讀？讀者把自己的經歷放進去吧，那幾段沒有談成的戀愛、可惡每天都要照顧的兒女父母、同事間的八卦，還有自己明知不可以有的各種刻板印象，這些經歷都能變成文字，文字便能同理，讀者能笑能哭能恨能愛，《我以為大人不會哭》是一本日常。

《我以為大人不會哭》沒有殺人、沒有情色，甚至連恨都沒有寫的小說，反過來，也並不是溫情拉滿、愛情泡泡到處飛的小說。《我以為大人不會哭》帶給讀者的是柔軟的反轉，當我闔本時，我以為成為大人之後不會哭了，卻看到書裡都成為大人的人們那些許的小任性，我才想起哭不只是鼻酸，仍有開心，還有感動。

Contents

我以為大人不會哭——009
小柳與小柳——047
沒有翅膀就用跳的吧——081
那個孩子不摘花——119
不適合——161
脫不了的外套——201
我不是為你而生——243

我以為大人不會哭

那女人是柚子[1]小偷！偷了我們家院子裡的柚子！父親從剛才就一直大吵大鬧。早餐的水煮蛋差點哽在喉頭，所以我只能點點頭。電視機開著，傳來「九州北部陰天偶有陣雨，保險起見請攜帶雨傘外出」的說話聲。左耳聽電視聲、右耳聽父親抱怨，沒有比這更能讓人沮喪的，也怪不得水煮蛋要噎住我。

「那女人！每天都偷走一顆啊。」

庭院裡有一棵柚子樹，就種在籬笆邊。或許是因為根本就沒有好好照顧，它只長出直徑三公分左右灰撲撲的寒酸果實，即使拿來吃也不怎麼好吃，總覺得就算被偷了也無所謂。

問父親有親眼看到人家偷嗎？又說是沒有。但是柚子數量很明顯有減少，所以他堅持是那女人做的好事。

「我絕不原諒那女人。」

絕不原諒！父親似乎真的非常生氣的樣子，所以我也只能無奈地點點頭。

那女人，指的是住在隔壁家的田中絹江（高齡八十歲）。雖然父親說什麼取了個女演員似的名字，但我根本就不認識那種女演員。我只知道，田中絹江（八十歲）和父親（七十八歲）兩人的感情相當不好。

我們住在一個被山林包圍的土地上，這個地方以前被稱為「耳中郡肘差村」。二〇〇五年由於鄉鎮合併，因此吸收了幾個隸屬於耳中郡且包圍耳中市的幾個町和村，後來地名就變更為「耳中市肘差」。

就算地址寫法變了，也對我們的生活沒有任何影響。不過看著電視我又想，好像還是有點差異。現在時間是七點五十一分，我差不多該去刷牙、啟動車子引擎了，但父親還在說個沒完沒了。

看看地圖上名為肘差的地區，正中間有個像是用毛筆一直線畫過去的筆直河川流過。那是條流速緩慢的濁流，河流上有好幾座橋，當中最小的橋梁前方有好幾間房子。那是地址上的「村」被拿掉後的幾年內蓋好的待售房屋，就像火柴盒一樣非常可愛。

過了那座橋繼續走下去，就會看到非常詭異的地藏菩薩，和環繞著相當特殊氛圍的大樹。經過那些東西以後，在幾十年前就被放置不管的神秘空地往右轉，便會進入一片雜木林。穿過雜木林以後眼前有兩棟房子，藍色屋頂的是田中

1 指「日本柚子」，外型比臺灣柚子來得小顆，有皺皺的外皮，外觀也較接近我們所見的香橙。

絹江家，灰色屋頂就是我們時田家了。我父親，也就是過去的時田正雄，在四十年前借錢蓋了這棟兩層樓的木造房屋，十九年前提前借了退休金，才將茅坑改成了自來水洗式的廁所，我從出生一直到今天這三十二年來，都住在這棟房子裡。

以前是我和爸媽共三個人一起住，但母親在十一年前說什麼：「鄉鎮都合併了，我也想相信自己的可能性。」之類難以理解的話語就離家而去，之後就只剩下我和父親兩個人。

母親離開的時候，我是個大學生，要花上單程一小時二十分鐘去外縣市的大學上課。母親離家兩星期後寄來了離婚申請書，收到那封信的父親，第一件事就是找麥克筆。

好不容易從五斗櫃的抽屜裡摸出了特粗麥克筆，他馬上走向大門口拿下門牌，看著那木雕門牌上的「時田　正雄・廣海・翼」好一會兒，然後開始將母親的名字「廣海」塗掉。「廣海」兩個字完全被抹成黑色的，但因為名字是雕刻出來的，所以並未完全消失，現在就算對著光線也還是能看出廣海二字。

「跟那個女人說，不要偷柚子。」

父親還繼續說著，你要跟她說啊！她可能會撇清關係，所以你要抓到她下手的時候。「我知道了、我知道了。」一邊回答同時起身的我，將餐具放進洗碗桶裡，走向浴室。我一邊刷牙一邊想著「你自己說就好啦」，但又馬上轉念一想，「不，我去說可能事情會比較有轉圜餘地。」田中絹江是個相當難纏的老婆婆，但我父親也是個相當難搞的老爺爺。

我是父親在四十六歲時生下的孩子，父親的額頭上從以前就有三條深深的皺紋，彷彿是用雕刻刀刻下的一樣。可能是因為這樣，看起來比實際年齡還要老。每次一起走在外頭，常有人說：「你和爺爺一起出門？真乖啊。」

我一邊快速挪動牙刷，腦中浮現出父親一臉苦澀回答「不，這是我兒子」的樣貌。

田中絹江也是在我懂事的時候就是個老婆婆了，當時應該也才五十幾歲，年齡上完全不是什麼老太太。但她總是頂著一頭白髮，狂亂地來我家怒吼，那樣子毫無疑問就是個老婆婆。

小學的時候母親半強迫我學鋼琴，每次我練習的時候，她就會跑來說：「吵死啦！」還會說什麼：「而且彈那麼爛！」實際上我是真的彈不好，所以過沒多久就不彈鋼琴了。

原先父親就不是很喜歡我學鋼琴，他說男人就應該學劍道或柔道。明明他自己都沒有學過，卻擅自讓我去參加小學附近的劍道練習場。第一天因為練習實在太過辛苦，我嗚嗚哭著回家，結果父親橫眉豎目地罵說：「男人哭什麼！」我反而哭得更兇。父親止不住怒氣，用力拍了桌子，幾個杯子盤子都掉下來，發出了超大的聲響。這時候我想著，最好田中絹江可以過來咆哮一聲「吵死了」，偏偏她卻沒有出現，而且後來我還挨了父親一巴掌。

母親說，絹江太太是個寂寞的人。她和丈夫很早就死別了，有一個女兒，但如今去向不明。雖然不知道是不是真心話，不過看起來母親似乎並不討厭田中絹江，因為她在說「寂寞的人」時，並沒有嘲笑的語氣。

田中絹江家有個小小的庭院，以前那裡是流浪貓的聚會場所。我曾經看過她拿著超市用來裝魚或肉的那種保麗龍托盤，裝著不知名的食物站在庭院裡，溫柔呼喊著：「是哪個孩子餓了呀？啾啾。」明明聽見鋼琴的聲音就會雙眼上吊跑來抱怨，對貓咪卻非常溫柔。明明貓在發情期的時候喵喵亂吼的吵鬧程度，根本不是鋼琴能比得上的呀。

貓咪們踩亂了時田家的花壇；颱風天，時田家的瓦片飛出去打破了田中家的玻璃……為了這些事情，一整年兩家子都有事情可吵。但我記得父親開始打從心底憎恨田中絹江，是在母親離家以後。「時田家的老公很愛喝酒，一整年都對老婆大發脾氣，所以太太才會受不了他而離家出走的！」聽說田中絹江不管見到誰都會這樣說。雖然父親非常生氣，覺得對方根本就沒有好好看過我們家，但是倒垃圾的時候，看見我家拿出的酒瓶數量那樣誇張，很容易就能明白父親的酒量，實際上，父親的怒吼聲隔壁應該也能聽得一清二楚吧。

仔細漱過口，再次細看照在鏡子裡的臉龐。小時候大家就常說我和媽媽長得很像；長大後卻常被說我的臉很稚氣。不管是哪種說法，我都不覺得特別高興。

說起來田中絹江真的有偷柚子嗎？到底又是為了什麼？故意想惹父親不高興？這樣一想才發現，最近一直都沒有看到田中絹江的身影，是不是都關在家裡？就像父親這樣。

父親在退休以後，無論早晚都坐在電視機前面喝酒。母親離家後，父親就因為心肌梗塞倒下，被送進加護病房時以為大概沒救，但他還是回來了。而且，現在也還是每週都需要我帶他去一趟醫院。

父親會盡量不外出，似乎是害怕「不知道何時會發作」，但盡可能不外出，卻不懂得控制飲酒量，這實在相當矛盾。但只要我這樣說，他就會開始生氣並亂丟報紙和遙控器。「閉嘴啦！你都三十幾歲了，連個老婆也沒娶，人這麼軟弱，男子漢大丈夫，你那劉海是怎麼回事？給我剪掉！劉海那麼長所以才結不了婚啦！」有時候，他也會對我狂吼一些不明不白的話。

柚子被偷云云，也很有可能是父親的胡思亂想，就像是老人太過清閒而產生的被害妄想。這樣一想，我忍不住大嘆一口氣，這個早上已經夠憂鬱了啊，畢竟今天是公司的尾牙。

天空一如天氣預報，沉重而陰暗。本來正打算上車，卻忽然決定去田中家看一眼。我家和田中絹江家之間隔著一條相當狹窄的道路，如果是輕型汽車應該能輕鬆通過，普通的房車大概就很尷尬了。

穿過庭院走到馬路上，立刻看見田中家那狹窄庭院裡的長椅。田中絹江以前常坐在那兒撫摸貓咪，那張長椅上，如今不知為何放了一臺吐司烤箱。

看來不是放在那裡，而是被丟在那裡，再多走幾步更靠近之後，我就發現了這件事情。電風扇外箱、兩把木製椅子、用繩子綁起來的書堆、電熱水壺、塞了一堆衣服的半透明塑膠袋等等，各種東西堆在那後面。

什麼時候變成這樣的呢？我呆站在那裡思考了好一會兒。昨天下班回來的時候，這裡又是什麼樣子呢？我不知道。最後的結論是，應該是田中絹江從昨天晚上到今天清晨，開始將這些東西從家裡搬到院子來的吧？如果更早以前就是這種狀態，父親應該就會提到這件事才對。我抱胸凝視著院子裡堆得滿滿的垃圾，要是她家就這樣變成了垃圾屋的話，也是挺麻煩的。

綁著一疊書的繩結似乎有點鬆脫，總覺得有幾本書歪歪斜斜的，就快要掉下來了。看了看最上面那古老文庫本封面上的文字。初戀。屠格涅夫。這本書就躺在鬆脫的繩結和第二本書之間，我將它抽了出來。急忙走向車子，把書放在副駕駛座上。我也不明白自己為何會做出這種事，或許是因為田中絹江會讀一本叫作《初戀》的書，多少讓我有些震驚吧。

開車的時候，我想起自己也讀過這本書。原先以為是酸酸甜甜的故事，讀完才發現根本不是這麼回事。但我也只記得主角喜歡的女人，完全不是我會喜歡的類型而已。

我花二十分鐘開車去上班，應該說，我也沒有開車以外的選擇了。公車兩小時才來一班，當然也沒有電車經過。耳中市農業協會，這就是我上班的地方。我一到職就被分發到營農中心，五年前又被轉調到農協本部的互助課。我的工作是對農民推銷火災互助或生命互助等服務，再向他們收錢，然後領自己的薪水。

一進公司，晚輩飯盛就向我打招呼：「時田先生，早安！」飯盛呵呵說著：「您今早也花了一小時下山來嗎？」我努力用安然的語氣答說：「二十分鐘就到了啦。」

「騙人啦～肘差村根本就是秘境吧，怎麼可能二十分鐘就到啦？」飯盛真是煩死人了，周遭的人都聽得笑呵呵。

這樣的對話，從五年前我就已經重複、重複、重複再重複了千百次，對於原本就是耳中市民的他們來說，就是忍不住要拿那些在鄉鎮合併以後，才說自己是耳中市民的小鄉小村居民開玩笑，還會說什麼：「肘差就是那個吧？會有狸貓跟黃鼠狼之類的動物對吧？」他們也經常嘴上掛著「喜歡故鄉」、「故鄉是最棒的」，但是在外縣市的人面前，卻又尷尬地垂下頭說：「這裡畢竟是鄉下啊。」說到底，不管是對耳中市之上的九州縣整體而言，或是從日本全國的範圍來看，這裡都是一個負面的存在，他們似乎對此感到十分羞愧。

一想到他們嘴裡說著「這裡是鄉下嘛」，卻又想著「但至少比肘差好」，再拚死維護著自己的尊嚴，就覺得非常令人感傷。我真想告訴他們，在那些真正的都市人眼中，不管是耳中市或舊肘差村，大概都跟鼻屎或眼屎沒什麼兩樣吧。

對我來說，住在鄉下雖然多少有些不方便，但也沒有什麼好丟臉的。而且「不方便」指的並不是買東西只能去永旺超市，或交通非常麻煩這些問題，而是被用來維護他人不明所以的尊嚴這件事。我一直在尋找能夠不被利用的方法，但始終找不到，所以今天早上依然只能「哈哈哈」地一笑帶過，走向自己的辦公桌。

姑且不論喜不喜歡這份工作，也不曾想過有沒有意義，至少我不曾偷懶過。我的工作守則只有兩條，就是：該做的事情就趕快做；不該做的事情絕對不做。偶爾也會加班，但今天是所有人強制準時下班的日子，畢竟今天是尾牙宴。

孩提時代，只要後面有個什麼「宴」，肯定都是開心的活動，像是聖誕宴、生日宴。但上班以後舉凡有「宴」的活動都很麻煩，什麼尾牙宴、歡送宴、接風宴、聚餐宴……幾乎所有場合都要喝酒，而且課長等人每次都擺出一副「要是不喝就見不到明天太陽」的樣子。

難道尾牙就不能不喝酒嗎？比方說，大家好好享用茶和糕點，然後談笑風生地度過？不，大概是不可能。現在我眼前的畫面，就是飯盛朝著課長的杯子咕嘟嘟倒啤酒的景象。在寬廣的和式宴客廳裡，餐點小桌排成了一個ㄇ字型，我坐在ㄇ的尾巴相當接近紙門的地方，也就是下座的位置。

旁邊的平野小姐單手拿著清酒瓶，窺伺著幫部長酒杯添酒的時機，屁股不斷離開坐墊又坐回去，實在忙得很。她戴著眼鏡，感覺相當文靜，如果有人向她搭話，最初的應聲總是有些高亢。

如此認真的平野小姐，恐怕是在年輕的時候就被指點「在酒席上不倒酒的女性就不是女人」，然後就老老實實地守著這條規矩吧。她的餐點根本沒有動過，看起來連拿筷子的時間都沒有。我小聲跟她說：「妳把酒瓶放在部長手邊就好啦，他又不是小嬰兒，想喝的話自己會倒啦。」

「可是……」平野小姐欲言又止，垂下眼睛，瞄了一眼四周。世上的確有那種傢伙，會確認誰沒有負責幫忙倒酒，之後在背地裡說：「那傢伙真是不機靈。」我叫這種人「斟酒警察」，看來，平野小姐也很畏懼這些斟酒警察。

我不會跟對方說「不要在意別人怎麼想」這種話，畢竟每個人生命看重的事情，本就因人而異。

「時田啊，」這個聲音近在耳邊，我抬起頭來，課長不知何時來到我眼前，一邊說著「喝啊、喝啊」，還把啤酒一直往我這裡推。杯子裡大概裝了一半我就說「這樣夠了」想制止他，但課長根本不理我，並繼續倒酒，倒到泡泡都溢出來流到我手上。看見我把杯子放在餐臺上，還用手帕仔細擦手的樣子，課長大喊：「又不是女人！」不知道他是很喜歡這句話，還是認為大家會覺得好笑，他又重複了一次。但周遭實在吵到不行，所以他那句話兩次都飄散在半空中，馬上就消失了。因為我毫無反應，課長便一臉無趣地移動到部長前面去了。

課長常對我說：「九州男兒連酒也不會喝，實在很丟臉啊。」但酒量取決於個人的嗜好與體質，用「九州男兒」一語概括實在令人非常困擾。

說「九州男兒」的時候，課長的鼻孔總是會放大，似乎是對於「九州的男人」

這件事相當自豪。所謂「九州的男人」，舉例來說，可能就像我爸那種男人吧？他的酒量確實很好，甚至可以說是太好了。

經常把「不客氣」與「友善」混為一談的課長，在我被分發到互助課的時候，跑來我身邊大喊：「你的身體也太弱了吧！」然後放肆地拍弄我的胸口和背部。如果對女性員工做這種事可是會出大事的，但為何我是男性就必須忍受這樣的恥辱呢？我實在無法理解，那憤怒到令我發抖的記憶又回到了腦海。

「我去一下洗手間。」也不知道是跟誰說這句話，總之我站了起來，也不忘輕手輕腳地拿起我的西裝外套和公事包。走到店門外，我才傳訊息給飯盛說：「我喝多了不舒服，先回去了。」飯盛馬上回我訊息：「來了，擅自離開的人。」我不打算理會他的訊息，沒想到他又傳了單手拿著大啤酒杯、激動說著「yeah!!!」的熊熊貼圖過來。他開心就好。

若有父親的遺傳，我的酒量應該不會太差，但我從沒有在醉了之後感到心情舒暢，單純就是體溫上升、腦速變慢而已。或許有人覺得那就是一種「舒適」感，但我實在無法享受那種感覺，反而覺得很不安。我比較喜歡保持意識清晰的狀態。

而且喝酒還會產生很大的缺點，比方說不能開車。我要一邊打電話找代駕服務，內心一邊感到萬分掙扎，這表示，我得請別人開我自己的車載我回家，這不叫缺點叫什麼呢？

代駕的車子沒多久就來了，看起來比我年輕的司機握著我車子的方向盤，透過後視鏡問坐在後座的我：「參加尾牙是嗎？」「唔，是啊。」聽我這樣回答，他笑著回說：「真好呢。」真好嗎？我模仿他的語氣笑著。

在等紅燈的時候，司機忽然問我：「有趣嗎？」有趣？什麼事情？尾牙嗎？正想回問的時候，我又閉上了嘴。司機的視線，正盯著我隨手丟在副駕駛座上的《初戀》。

「嗯啊」，我曖昧地點點頭，伸手拿起《初戀》，一邊翻書一邊說「但女主角的喜好實在跟我差很多呢」之類的話。在書本約莫中間的頁面處夾了一張對折的紙，那是一張短箋，打開來上面寫滿了文字。我反射性地別過眼睛，將短箋重新夾回原來的那一頁，「啪」的一聲將書闔上。信號轉綠，車子緩緩開動，我將《初戀》塞進了西裝外套的口袋裡。

從司機手上接過收據，我站在院子裡好一會兒。從公事包裡拿出等代駕時，在自動販賣機買的罐裝熱紅茶，紅茶還殘留著足夠的溫度。家裡的燈都關著，父親已經睡了嗎？有時他不會去寢室，而是趴在客廳桌上直接睡著，就算我想拉，但父親的身體太重了，沒什麼力氣的我實在是拉不動，所以我都只是幫他蓋上毛毯。父親早上醒來後，一定會抱怨全身疼痛。

我的目光轉向院子。母親在這裡種下梅花、枇杷和柚子樹，每當到了採收樹上果實的季節，我總會當起母親的助手。雖然總是母親站在梯子上，拿著大剪刀採收，我這個助手不過只是負責拿籃子站在一旁，什麼忙也幫不上。

母親每年都會把這些水果做成糖漿，用水或氣泡水稀釋，做成果汁。夏天就喝梅子汁，冬天就喝柚子汁，只要我說好喝，母親就會一臉認真地點頭。雖然有種說法叫「眼睛沒在笑」[2]，但我覺得母親正好相反，因為無論何時，她看起來似乎都只有眼睛在笑。

我大大地嘆了口氣，白色的霧氣拂過了紅茶罐。

我聽見樹枝晃動的聲音，轉頭看向柚子樹。有個白色的東西動了一下，仔細一看那是隻手……手……「手！」我差點大叫出聲。那伸過牆壁的手正在摸索柚子的果實，手腕靈活地一轉，就把果實從樹枝上摘了下來。我目睹了柚子被偷走的瞬間。

那不是父親的白日夢，因為我呆滯了好一會兒，所以動作慢了些。我正想著得喊住田中絹江才行，下一秒就聽見門關上的聲音。來不及了。

第二天是星期六，鐵腕一早就跑來玩，他是我小學就認識的同學。當然這不是本名，他叫時田鐵也，小學的時候因為他比腕力很強，所以被取了這個綽號。雖然我們一樣姓「時田」，不過這是肘差最常見的姓氏，不代表我們是親戚。

「只能監視了。」

鐵腕一手掛在餐桌旁的椅背上，口中說著刑警連續劇裡的臺詞。我關掉手動攪拌器的開關瞄了一眼鐵腕，刻意不回答。大碗中發泡的蛋白閃爍著微光，垂直拉起攪拌器，蛋白站了起來。打得真不錯。

從孩提時代到現在，我的名字都會被加上「軟趴趴」這樣的形容詞，不過

2 日文的慣用語「目が笑っていない」，即「皮笑肉不笑」的意思。

掛在鐵腕名字前面的一直都是「男子漢」。他高中畢業後馬上就做起了裝潢工作，渾身肌肉、頭髮永遠削得很短、經常開懷大笑。

「今天要做什麼？」針對鐵腕的問題，我短短回答：「熔岩巧克力蛋糕。」

假日做甜點是我最大的樂趣，就只有這件事不容任何人打擾。父親老是說，一個大男人居然做這種事情，難不成他以為我都沒發現他有時候會偷吃嗎？鐵腕就不會這麼麻煩，絕不裝模作樣，總是堂堂正正地說要吃我做的甜點。

「那什麼時候可以吃啊？」

「最快也要過了今晚才行吧。」

跟他說明烘焙的甜點放過一晚，味道才會比較穩定，他一臉遺憾地呻吟著。

「明天我拿一半過去給你。」

我說會把放在上面的鮮奶油一起帶過去，他便露齒一笑，打從心底喃喃地說：「真是期待啊。」

他的話實在很有說服力，總讓聽的人不禁想說：「真有那麼期待嗎……」

「我陪你一起監視吧。」

不知為何他開始活動起筋骨，看來相當認真。

「不可以太粗暴喔，對方畢竟是老婆婆了。」

「這是當然。」

鐵腕說晚上會再過來就先走了，還不忘對著在客廳喝燒酒的父親說聲「伯父再見」。總是一臉厭世般喝著酒的父親，只有在鐵腕向他打招呼時會友善地舉起手回聲「喔！」。

到了晚上，鐵腕真的過來了，還穿著釣魚用的防寒外套。我沒有那種東西，所以就疊了好幾件衣服，跟穿古裝一樣，然後把外套的釦子全都扣上。還拿條圍巾把自己包了好幾圈，甚至把毛線帽拉到耳下。最後半放棄似地把暖暖包貼在背上和肚子上，但還是覺得冷。

我們坐在柚子樹下壓低了呼吸等待。過了好一會兒，眼睛開始習慣了黑暗。我一邊偷看著鐵腕的側臉，一邊想著：為何這傢伙會在這裡？現在可是星期六晚上耶。

鐵腕有個叫玲子的女朋友，我只有一次看過他們在一起，對方戴著黑框眼鏡、看起來是個工作相當俐落的女性。鐵腕似乎非常想和她結婚，但聽說玲子小姐離過婚，所以他們遭到鐵腕爸媽反對。

正當我想開口問他「今天不用見玲子小姐嗎？」，頭上就傳來沙沙聲響，猛然抬頭，就看見有隻白皙的手跟昨晚一樣，正準備抓住柚子樹枝。我們只看得到手，因為圍牆的高度大概是一百二十公分左右，對方可能是蹲著讓人看不到臉，然後伸出手來。我看了鐵腕一眼，他便猛然起身，一把抓住那隻手。

「喂！」

正確來說應該是「唔喔喔喔咿！」這種感覺，鐵腕根本是在大叫，因為他的聲音太大，反而把我嚇得一直顫抖。

「好痛、好痛好痛好痛好痛！」

圍牆另一邊傳來相當高亢的喊叫聲，鐵腕也嚇得放開手。我連忙繞到圍牆另一邊，鐵腕就跟在我後面。

有個女人蹲在那裡，怎麼看都不是田中絹江，鐵腕打開手電筒照向那女人。女人將明亮的髮色分成兩邊綁在耳下，身穿羽絨外套，裡面是一整套粉紅色的運動服。蹲在地上的女人揉著手腕抬起頭，明明正面對著手電筒，但她沒有別過臉，也沒有瞇起眼睛，只是皺著眉瞪向我們。

「這誰啊？」

鐵腕仍舊聲音宏亮地問我，我剛說完「不知道」，女人也幾乎同時說出「不要那麼大聲」這句話。

「婆婆會醒來的。」

鐵腕瞄了一眼田中家，大門的燈雖然亮著，卻看不清裡頭的樣子。

總之還是先說說是怎麼回事吧？鐵腕壓低了聲音說著。

女人說自己是「看護」，田中絹江不久前腳部骨折，結果只能躺在床上，預定下個月要住進看護機關，她是來幫忙整理東西的。庭院裡的那些東西，似乎準備要運到垃圾場丟掉，所以才堆在外面。

「看護也要做這種事情？」

鐵腕盤坐著抱胸，不明所以地看著我，我只能用下巴點點女人，「問她呀。」

近距離觀看，女人看起來還挺年輕的，大概才二十二、三歲，或許更年輕也不一定。眼睛很大，雙頰圓潤，讓人想到白桃，稱得上可愛吧。

「看護小姐，妳叫什麼名字？」

「我是鐵也。」鐵腕忽然報上自己的名字，抱著膝蓋的女人瞄了他一眼，然後才喃喃說著「檸檬」。我花了好幾秒才理解，她是在說自己的名字。搞什麼啊？這種名字一聽就知道是假的。

「姓氏呢？」

「小柳。」

鐵腕一臉認真地看著女人近乎金黃的髮色，問道：「妳是混血兒嗎？頭髮是天生的？」有時候，我還真是搞不懂鐵腕這個男人。

田中家從大門進去就會看到一間儲藏室，當鐵腕要她把話說清楚，打算把女人帶來我家問話，但女人拒絕了。她說不知田中絹江何時會醒來，可能會呼喚自己，所以變成我和鐵腕進了田中家。儲藏室裡沒有暖爐這樣的保暖器具，所以我們沒有脫下外套，但還是比外頭暖和許多。

田中絹江似乎是睡在走廊盡頭的房間裡，晚上九點上床，到早上醒來為止會去上兩次廁所。那個時候，她會用枕邊的鈴鐺呼叫看護，為了避免漏聽鈴聲，這個報上奇怪姓名的女人，總會讓儲藏室的門半開著。

儲藏室裡有一半以上的東西都拿到外面去了，但還有好幾個塞滿書的紙箱，而且都非常老舊，書背的文字很多都褪色到幾乎看不出來寫了什麼。沒想到田中絹江竟然這麼愛讀書。

仔細想想，我根本一點都不了解住在我隔壁家的這位婆婆。我知道的就只有她與丈夫死別，還有她的女兒離家後似乎就跟她不再往來，以及她跟我爸相處得並不融洽。

「那妳為什麼要偷柚子？」

「回答啊。」鐵腕抱胸直盯著小柳檸檬，她沉默著別過臉去。「喂！」看見鐵腕直起身子，我說著：「算了啦，沒關係。」制止了鐵腕。

「反正除了冬至那天能用來泡澡之外，也不能幹嘛。」

柚子被偷會生氣的人只有父親，而且，他大概以為犯人是田中絹江才會那樣暴怒。既然田中絹江幾乎已經臥床不起，就算是父親，我想應該也不至於堅持要責怪犯人吧。

「而且我也偷了東西。」

我從西裝外套的口袋裡拿出那本《初戀》，放在地板上，推向小柳檸檬。

「這是妳丟在庭院裡的東西吧。」

我點著頭，想用自己偷書來「打平」這件事，希望事情到此為止。

「不過裡面放了像是信件的東西，所以還給妳。我沒有讀喔，真的。」小柳檸檬聽我這麼說，直盯著我瞧。

「真的嗎？」

我再次強調，我沒看內容。

「一個字都沒看。」

「畢竟不可以擅自閱讀他人的信件啊。」聽我這麼說，鐵腕便逼問著說，「錯的難道不是不該偷書的事嗎？」

「讀信當然也不對啊，有違倫理。」

「你又用那麼艱困的詞彙，我跟不上啦。」鐵腕嘆著氣靠向一旁的紙箱，又忽然開口說「要給我吃熔岩巧克力蛋糕喔」這種無關緊要的話。

「我不是說明天會拿去給你嗎？」

「我現在想吃啊，現在餓了啊！」鐵腕使起了性子。因為他的聲音大了起來，我只好站起身。

「知道了啦，我回去拿，你安靜等等。」

我回家去拿蛋糕，躡手躡腳地進了廚房，將放在冰箱裡冷卻的熔岩巧克力蛋糕切成了六等份，但想了一下，將紅茶也裝進了保溫瓶裡，順便把紙杯、紙盤，和裝了鮮奶油的容器、塑膠叉子都放在托盤上。我一邊端起這些東西，一邊想著：「我到底在幹嘛？這是打算三更半夜在那間儲藏室裡，跟那個名叫『小柳檸檬』還自稱看護的人，以及鐵腕吃下午茶嗎？」

回到儲藏室，鐵腕手上拿著那本《初戀》。看著他一邊說著「就是這個吧」，正準備打開對折的信箋，我不禁「啊！」了一聲。

「你怎麼拿起來看啊！」

「我又沒有違反什麼道德倫理的問題。」鐵腕說著便打開了信箋，馬上就說：「字跡太漂亮我看不懂。」接著就遞給了小柳檸檬。小柳檸檬看了一眼說：「你讀吧。」把信交給了我。看來這女人也讀不出來。

「可以讀嗎？」

「可以。」小柳檸檬一口咬定。在她凝視著我的瞬間，眼中放出了令我忍不住想退後的強烈光芒，她抿緊的雙唇也讓人感受到某種奇妙的堅決。我低頭看向短箋，字跡確實頗為潦草，但也沒到看不懂的程度。

絹江小姐

前些日子謝謝您了。之後那孩子非常努力地吃起飼料，毛色也變得很漂亮。因為是白毛，所以我取名叫甜酒釀。後來我多次想起拜訪您時聽到的事。所謂的家人，就是無法順心如意的人吧，我只希望您不要太責備自己。絹江妹妹還很年輕，所以我希望妳好好地、快樂地度過往後的人生。

櫻木涼介　敬上

我將短箋折好夾回《初戀》裡，接著將紅茶等量地倒進紙杯中，再把巧克力蛋糕放在紙盤上，還同時放上了鮮奶油。在我做這些事情的時候，小柳檸檬和鐵腕都一語不發。

「『……因為是白毛，所以我取名叫甜酒釀』，這在講什麼啊？整個搞不懂。」

鐵腕終於開了口。

「是貓吧。」

我向鐵腕他們說明，以前這個家的院子裡，經常是流浪貓的集會場所，總會聽到非常微弱細小的貓叫聲，大概一直都有小貓出生吧。我不清楚田中絹江的交友情況，不過就算有想養貓的人前來拜訪，也不是什麼太奇怪的事。

「櫻木涼介是誰？」

小柳檸檬將自己的下巴放在膝蓋上，忽然冒出這麼一句。我也只能回答「不知道」，不過信中寫著絹江妹妹，所以應該是比田中絹江還要年長的人吧。雖然只是我的想像，不過對方應該是個帥哥。基本上會叫櫻木涼介的人，應該都是鼻梁高挺、嘴唇偏薄、適合冷色系的衣服，呼吸會吐出帶薄荷香氣的優雅男子吧。我一口咬定他是個帥哥，畢竟他的名字就是這麼帥氣。

「很難說吧？」鐵腕歪著頭。

「畢竟像你雖然叫作翼，但足球卻踢得超爛。[3]」

「所以名字跟那個人也沒什麼關係不是嗎？」鐵腕也相當有自信地說著。

「欸，你真的沒見過櫻木涼介嗎？你不是住在隔壁？」

「不是那個人也無所謂，你記得有什麼人在這個家出入過嗎？」小柳檸檬

3 這裡是指日本曾改編動畫的知名漫畫《足球小將翼》，主角單名「翼」。

探出身子問我。我一邊想著她為什麼這麼積極，同時搖了搖頭。我不是那種對觀察隔壁老婆婆感興趣的人，但如果母親還在的話，可能就不是這樣了，不過母親也已經不在這裡了。

「畢竟過去的事，她都不願意跟我說。婆婆她……」

說著說著，小柳檸檬突然改口稱她是田中太太，然後重新抱起了膝蓋。鐵腕用叉子直直切下巧克力蛋糕，說著：「妳也吃啊，這很好吃耶。」又不是他做的，竟然還那麼熱情推薦。

「她到底都怎麼過活？每天都在想些什麼？她都不跟我說。」

小柳檸檬完全沒有要拿起叉子的意思。「那是看護工作必須知道的事嗎？」聽鐵腕這麼問，她用力緊咬下唇，臉色變得蒼白。

「田中絹江能回答一些普通的問題，例如飯量、擦身體的毛巾溫度等等，所以她的腦袋應該還非常清楚。」小柳檸檬這樣辯解，「只是她幾乎不談自己的過去。」

「從我來到這裡之後，田中絹江就只有一次，提到過自己的事，那就是：『真想再喝一次隔壁太太做的柚子汁啊。』所以我就試著做了，我試了各種方法，但她每次都說味道不對。」

原來她每天從我家庭院偷一個柚子，是為了要嘗試先浸泡砂糖一天，之後再用水稀釋，另一天再試著擠出果汁，然後再加入砂糖，結果得到的永遠都是「味道不對」的答覆。

「哎呀，但也別偷啊。」我再次制止開始碎碎念的鐵腕，然後清了清喉嚨說：

「我知道做法啊。」

田中家的廚房流理臺上方只有一盞微弱的螢光燈，我和小柳檸檬站在一起。三角籃裡丟的大概是昨天被搾成果汁的柚子殘渣，流理臺上堆滿了使用多年的小鍋和缺了邊角的盤子，我將玻璃瓶放在一旁。聽說走廊盡頭就是田中絹江安睡的房間，所以我盡可能慎重地不要發出聲響。

將剛從庭院裡摘來的柚子皮剝掉，把果實切個大概之後就放入瓶內，然後再倒入蜂蜜。因為田中絹江家沒有蜂蜜，所以我又得回家去拿。

「之後就是用叉子弄碎。」

我在瓶中挪動著叉子，把柚子的果肉打散，狹窄的廚房裡開始充滿清爽的香氣。「放上一晚，柚子糖漿就做好了，喝的時候可以加水或用熱水稀釋。」我說完後，小柳檸檬點點頭。

「你很厲害耶。」

會烤蛋糕，還會做這種東西，小柳檸檬搖著頭，將瓶子收進冰箱裡。原先我還想著，「如果我是女人，她大概就不會說這種話了吧？」沒想到她還接著說。

「明明是你家的柚子被偷，你還教我果汁的做法。你是笨蛋嗎？人也太好了吧？」

小柳檸檬一邊洗著菜刀，嘴裡卻說著很失禮的話。

「不，也不完全是這樣。」

鐵腕吃完巧克力蛋糕後，又喝了兩杯紅茶就回我家去了。現在應該已經自動在我房間鋪好了床，然後自己睡下了吧。

明明是三更半夜跟一個女孩子獨處，現在的我卻沒有什麼心跳加速或緊張的感覺，或許是進入這個情況的原因太過特殊，也可能是我的年紀已經大到不會因此而毛毛躁躁。

在她收瓶子的時候，我看見冰箱裡幾乎空蕩蕩，擺在架子上的醬油和鹽巴等調味料也幾乎快用完了。是沒有空去買嗎？還是……

「哎呀，我只是有點震驚罷了。」

我知道人都會老，田中絹江也不例外。但不知為何，我總覺得她永遠都會活力十足地餵貓、精力充沛地跟我爸鬥嘴——但那明明是不可能的事。

「喔。」小柳檸檬依然低著頭，我看不清楚她臉上的表情，聽起來像是不怎麼相信我所說的話。因為剛才那聲「喔」。

「剛才我撒了一個謊。」

信我沒有讀，我是說真的。但是最後的「櫻木涼介敬上」幾個字我是有瞄到的。雖然是不小心，但我的確看到了，所以「一個字都沒看」就成了一個謊言。

小柳檸檬兩手撐在流理臺上，低著頭好長一段時間。

「……我也說了謊。」

我用廚房紙巾一邊擦著滴到容器外的蜂蜜，一邊問道：「是看護的事？」

「咦，你怎麼知道？」

小柳檸檬睜大了眼睛，我只好說明自己雖然不太清楚看護的工作，但是她對田中絹江照顧的程度，感覺已經超過了工作應有的熱誠。「這樣啊。」她尷尬地點點頭。

「那麼，小柳檸檬小姐是田中絹江的什麼人呢？」

關於我的問題，她只簡短地回說：「外孫女。」

田中絹江的女兒因為和母親感情不好，所以離家出走了，十幾年後未婚生下了一個女兒，就是眼前的小柳檸檬。「原來是這樣。」我回道。「順便問一下，妳的名字也是假名吧？」結果她一臉怒氣地說：「才不是，這是本名！」

「就是有這種父母啦，竟然會把女兒取名叫『檸檬』。」

被說是「這種父母」的那位母親，五年前結婚了，剛認識三個月就結婚，所以對方應該不是小柳檸檬的父親。五年前，她從「田中檸檬」變成了「小柳檸檬」。「小柳先生是個好人喔，反正是個普通的好人。」我也沒多問，她卻一直強調這件事。

「母親和外婆幾乎斷絕了聯絡。」小柳檸檬這樣說。會說「幾乎」是因為，基本上她們知道怎麼聯絡彼此，但兩人似乎完全不想私下見面的樣子。所以，小柳檸檬還是小學生的時候，只見過外婆幾次。

田中絹江上個月去市公所的時候跌倒了，腳因此骨折，被送到醫院，所以醫院才會聯絡女兒。

「可是母親完全不來見外婆。很過分吧！」她嘟著嘴說。

但對我來說，想知道的反而是這對母女的關係，怎麼會搞到這種地步。但從目前為止的談話看來，小柳檸檬應該完全沒有從兩人口中聽說過什麼。

「我去醫院見她的時候啊……」

小柳檸檬的嘴唇顫抖著。

「她已經不認得我了。外婆她……根本就不知道我是她的外孫女。」

我原本想說「畢竟她見到妳的時候，妳才小學而已」，但想想還是算了。

「我也不認得她了，不認得這個人就是我的外婆。一開始我還跑到同一間病房隔壁床的病人那裡。」

好幾滴眼淚從她的臉頰滾過。

彼此認不得對方；自己完全不了解外婆的過去；外婆臥床不起；母親覺得「事到如今不可能再見面了」，就決定把外婆丟給機構照顧……還憤怒表示「媽太冷淡了，那換我去照顧外婆！」於是就離家出走跑來這裡，但不到兩天就覺得「自己辦不到」……母親撥了電話來，告訴她「太難了」，母親還笑著說「我就說吧」……小柳檸檬用著幼稚、拙劣、非常難以理解的話語，嗚嗚咽咽地說明這一切。

「第、第一天來這裡的時候……」

她一邊喘著氣，還是拚命想要講出來。

「因為我來不及帶外婆去廁所，結果她的內褲就濕掉了。我想說要趕、趕快讓她脫掉，可是我根、根本不敢碰……我根本不敢碰那件掉到地板上的內褲……我明明是她的外孫女啊。」

我默默盯住她流著鼻涕、皺成一團的哭泣臉龐。「反正我就是這種人啦！」她努力擠出這句話，感覺時機已晚，但還是兩手掩住臉。

「內褲就……我就拿免、免洗筷把它夾起來。」

以前，我也見過一個人哭成這副模樣。

那天用油性筆把門牌上母親的名字塗掉時，父親在哭。就是那個一直跟我說「男子漢大丈夫哭什麼」的男人。他雙肩顫抖，吐出了壓抑的嗚咽聲，然後用拳頭揮向桌子。大概是拿麥克筆的姿勢哪裡怪怪的，他整個拳頭都變成了黑色。

我轉過身去將毛巾丟給父親，這樣父親就不會被我看到他哭泣的臉龐。不需要讓我看到。我真想跟只會大口喝酒、對妻子頤指氣使的父親說：「我們都太依賴母親了。」在他的心中，母親彷彿永遠會用微笑的眼角，寬大地接受「這個不中用的男人」。簡單講，他心中想的是：母親永遠會背負這個，與「九州男兒」相互輝映的女性角色。這如果不是一種依賴，什麼才叫依賴？

直到下定決心離家出走，在我和父親看不見的地方，母親究竟流下了多少眼淚呢？

孩提時代的我總以為大人不會哭，會這麼想的我，真的是個孩子。

我不會再說「別哭了」。不管對方是男是女，我都不會再說這種話。我伸手摸了摸小柳檸檬的頭，她的頭髮或許是常漂白染色，感覺相當毛躁，我有一種在摸流浪貓的感覺。

「欸。」

我看向她的臉龐問道。

「妳為什麼要騙我說妳是看護？」

小柳檸檬吸著鼻子，回說：「我不知道。」

「是喔，妳也不知道啊。」

我點點頭，繼續摸著她的頭，沒能找到停手的時機。我又說了一次，「妳不知道啊？」想著，她大概是真的不知道吧。

不知道的事情太多了。名為櫻木涼介的男人真面目、「甜酒釀」是什麼樣的貓、她和女兒是怎麼鬧僵的……我想，田中絹江終將老死，而且永遠不會把這些事說出口。人的一生發生的種種事情，只有自己才能明白。當有一個人逝去，就表示有一個故事也會隨之消滅。我和母親喝柚子汁這件事，會在這個故事的第幾章、用什麼方式記下來呢？

走廊的盡頭傳來「叮鈴」的鈴鐺聲響，應該是田中絹江醒來了吧。小柳檸檬一臉剛回神似地抬起頭來。「我要過去了。」喃喃的話語聲，聽起來卻異常堅定。她用自己運動服的袖子，粗暴地抹了抹自己的臉，眼睛和鼻子都紅通通的。

我跟在小柳檸檬身後來到了走廊上，鈴鐺還繼續響著，紙門拉開了。臥房裡似乎只點了一個燈泡，在那微弱的橘色燈光下，我看見田中絹江從棉被中伸出的手臂。如果在比較明亮的地方，應該就會看見那失去張力、浮現許多斑點的皮膚吧。但從我站的地方看過去，實在無法確定，只能肯定那隻手細到沒有支撐力，但關節凸出的手指卻穩穩地抓著鈴鐺的把手。

眼前的女人猛然回頭，那哭腫的眼睛直盯著我瞧。

「妳去吧。」

我小聲說完，遲疑了一下又說了句：「我等妳。」明明沒有等待的必要，但我也不明白自己為什麼要說這種話。我其實可以直接回家，然後跟鐵腕道歉：「抱歉，讓你陪我做這麼奇怪的事。」再蓋上棉被呼呼大睡。管他隔壁發生什麼事，忘掉就好了，畢竟這跟我的人生毫無關係。但我還是又說了一次：「我會在這裡等著。」

但我應該沒有說錯話才對，因為小柳檸檬像是安心了許多，感覺鬆了好大一口氣。她「嗯」了一聲，點點頭，走進那橙色的光芒中。

我躡手躡腳地回到廚房，心中喃喃念著：「希望明天柚子糖漿能夠成功啊。」不知為何，我突然覺得鼻子深處有點刺痛。我還以為大人不會哭。

小柳與小柳

「妳明天開始不用來了！」店長說話的時候，鼻血滴滴答答落到了地板上。「喔這樣啊，承蒙您的照顧。」我低下頭，怡然自得地走向後場。打開置物櫃，脫下掛著名牌「小柳」的條紋洋裝制服，「小柳」的上面標示著店名「維瓦齊」。家庭式餐廳維瓦齊——我上個月被錄用，開始在這裡打工，今天就被炒魷魚了。

被炒魷魚的理由是，剛才我一頭撞向店長的鼻梁。我並不後悔，就算丟了這份工作，自己的尊嚴還是要自己維護。

我居住的城鎮耳中市共有三間「維瓦齊」，或許我用頭撞店長這件事，會開始在分店的資訊網中散布，今後大概永遠無法在「維瓦齊」工作了。那也沒關係，反正隔壁城鎮也還有其他的家庭式餐廳。

不過要到隔壁市鎮的通勤車輛，應該說，需要交通費這件事讓我非常苦惱。因為在這一帶如果沒有車子，哪裡也去不了。

我將名牌從制服上拿下來。五年前，在我十七歲的生日後三天，姓氏從原先的田中換成了小柳。「田中」在這一帶應該算是大姓吧，總之有許多同姓氏的人住在這裡，因此我很喜歡算是少數派的「小柳」。我一直到處跟人說：「從今天開始請叫我小柳。」

我的名字叫「檸檬」，雖然我不討厭這個名字，但如果有人這樣大聲叫我，周遭的人總是會回頭，這實在讓我有點困擾。大家都會四下張望，想著這個叫「檸檬」的人到底是誰啊？一看見我頭髮漂白的樣子和有些誇張的服裝，就會一臉「哎呀，果然如此」。大家的臉上都像在說：「果然，被父母取那種名字的孩子，就會變成這種樣子吧？妳爸媽一定是年紀輕輕就奉子成婚的吧？肯定是被放在儀表板鋪著白絨布、後座連嬰兒座椅都沒有的黑色房車裡長大的吧？人生真是錯得一塌糊塗。」母親生我的時候已經三十歲了，車子也只是臺普通的輕型轎車啦，笨蛋！只是她取名字的感性比較獨特而已，笨蛋笨蛋！

我從員工專用的後門離開，天空沒有月亮，也沒有星星。「今晚似乎會下雪呢。」廚房的某個員工這樣說。夜晚的空氣如此冰冷，令我縮起了脖子，踏步走出。前方兩公尺的陰暗處有個人影在動。「小柳小姐。」那是呼喚我的聲音。

我馬上就知道那人是誰，雖然知道，但還是嚇了一跳。

我回了一句：「時田翼。」對方卻笑著說：「為什麼妳老用全名叫我？」我沒有回答他的問題，反問：「你為什麼在這裡？」他剛剛不是還坐在餐廳最裡面的座位，吃著鮮蝦焗烤飯嗎？跟一個女人。

時田翼的圍巾在鼻子下方捲了好幾圈，他把那條圍巾拉到下巴以下，說道：「我送妳吧。」那白色的氣息，在夜色中消散。

時田翼發動了車子引擎，音響裡傳出三味線的聲音和男人的說話聲，我忍不住脫口而出：「這是什麼？」

「咦？這是落語。」

他在車子裡聽落語。我實在不曉得，這是不是一個三十二歲的單身男性一般會有的興趣。就算我問他：「是這樣嗎？」他也只是淡淡地回答：「關於我的興趣，從沒想過什麼一般不一般，所以不太清楚。」他說要等引擎熱一下，我點點頭。

我很難跟其他人解釋這個「時田翼」到底是誰，簡單來說，他是我外婆家隔壁的鄰居。

我的外婆和母親雖然有血緣關係，感情卻奇差無比。去年秋天，外婆幾乎臥床不起，但母親還是拒絕去見外婆。

我為了代替母親照顧外婆，所以在外婆家住了一陣子。外婆家雖然也在耳中市內，但其實非常鄉下。那裡以前好像是叫「耳中郡肘差村」吧，不知何時被合併到耳中市內。我曾在電視上看過一部叫作《八墓村》的電影，那時候想著：「哇，跟肘差好像。」總之是個相當不方便的地方。別說有什麼店家了，附近就連自動販賣機也沒有，對於沒有車子的我來說，實在很難生活。

時田翼就是在那時認識的。其實因為一些緣故，當時我偷了時田家院子裡的柚子，才跟他認識。時田翼並沒有責備我是個偷柚子的人，後來還拿了自己烤的馬德蓮給我，該怎麼說呢……總之他非常親切。

「照顧外婆」這件事情到底有多麼辛苦，其實我一開始根本無法想像，也完全沒有做好心理準備。像是：外婆怎樣都不肯包尿布，所以有好幾次，她三更半夜把我叫起來帶她去上廁所；我拚命做了口味清淡、又容易入口的飯菜，她卻說了句「不好吃」就統統不吃了。過程真的非常辛苦，我還在浴室裡偷哭。

結果外婆還是去了照護機構，那時也是時田翼開車送我們去的。外婆臥床後經常意識朦朧，還以為這個住在隔壁、小時候明明就很熟悉的時田翼是機構的員工，還在單程約一小時的路程中不斷跟他道歉：「讓你們大老遠跑來接我，真是不好意思啊。」

我根本無法為外婆做什麼，內心悔恨交加，又覺得自己好沒用，從機構回來的車上忍不住放聲大哭。時田翼看起來雖然有些困擾，但還是默默地開著車。他沒有對我說什麼「打起精神啊」、「妳做得很好了」、「這樣就好啦」這種廉價的安慰，真是讓我鬆了一口氣。

那已經是去年底的事了，之後我便回了家，過完年就開始打工。雖然每天都要花二十分鐘走路，但也多虧如此，我也變瘦了一點。

我沒有告訴時田翼新的打工地點在哪裡，所以他會帶女人來到這間店，完全是個偶然。

雖然我有些驚訝，但還是帶他走向座位，而時田翼在我身後，用著沒有一絲驚訝的語氣說：「真是嚇了一跳，原來妳在這裡工作啊。」他還問說：「是不是騎腳踏車來的？」我答說：「走路。」他聽完反而更驚訝。跟在他身後的女人不知為何一直低垂著眼睛。

原本想趁送菜或幫別桌點餐的時候，偷聽他們的對話，結果並不順利，畢竟還跟店長鬧了那件事。

結果還是不知道，為何那個女人始終一臉嚴肅地低著頭，原本想說可能是戀愛問題，但時田翼看起來相當平靜。

對了，我在大廳中央用頭撞店長的時候，時田翼跟那個女人也在那裡。但現在把手放在方向盤上、愣愣望著前方的時田翼，絲毫沒有要開口詢問我的意思。我想，他應該也聽見店長叫我明天不用去了，所以才會在員工後門等我吧，但他還是什麼都沒問。

我想大概是因為，他個人並不怎麼關心這件事，肯定是對我沒什麼興趣吧，他就只是非常、無比單純地表現出「親切」的樣子而已。

所以絕對不能自爆，自己有什麼誤會！所以我只好咬緊雙唇。

「剛才那個女人呢？」

「啊？回去啦，她自己開車。」

他們似乎是約在維瓦齊的停車場。

「為什麼要這麼做？如果是約會，應該要去對方家裡接她吧？還是三十幾歲的人都這樣？」

「我不知道，我不會去跟同年齡的其他人比較……而且一直強調三十幾歲、三十幾歲的，實在有點討厭。」

「說什麼『有點討厭』？什麼嘛！」

「這樣很無趣喔」、「很娘娘腔喔」，聽完他說的話我才想到，雖然外表看不出來，但時田翼的內在可能是個女的啊。他的興趣是做甜點，這感覺也很女性化。而且，時田翼家有個短髮、體格很好的男生常跑去玩，我在外婆家的時候見過他好幾次。他說那是小學就認識的好友，搞不好其實是他男朋友。

時田翼不愛女人，所以對我沒興趣？或是他在跟剛才那個女人交往？不管哪一種都不會傷害到我的，不是嗎？

「而且，我們不是在約會。」

時田翼拉下煞車，又接著說：「平野小姐只是我的同事。」剛才那個陰沉的女人原來姓平野。

「她說想找我商量工作的事，我只是聽她說話而已。原本我就打算邊吃飯邊聽，她講完就解散，所以各自開車去很合理啊，不是嗎？」

我一邊聽著時田翼的說明，一邊傻眼地覺得他真是個笨蛋。說什麼「想商量事情」，這完全是藉口吧！她只是想單獨跟你見面而已。

「但你卻選了家庭式餐廳！又不是高中生！跟女人耶！兩個人耶！一起吃飯

耶！這種時候，大人不就該選間更有氣氛的店嗎！」我忍不住對著時田翼臭罵。

時田翼有些困惑地搔了搔臉頰。我也不知道自己幹嘛要發這麼大的脾氣，我哪有辦法說明啊。

「為什麼妳要生氣啊？」

「要是跟我一起去那種『有氣氛的店』被其他人看到，傳出什麼奇怪的謠言，那平野小姐就太可憐了。」

時田翼踩下油門，車子緩緩啟動。

這個城鎮，流言傳播的速度特別快。很多人以為，流傳得快應該也消失得快，但並非如此，大家其實都牢牢記在心裡。而且不管過了幾年，都會重新拿出來討論，就像在品嘗特地收藏的點心那樣。

我在先前工作的家庭式餐廳裡，就曾聽過幾個四十幾歲的打工仔，嘲笑一個不在現場的打工仔說：「那個女的明明是個醜八怪，高中時好像還寫過情書給同年最帥的男孩子，真是有夠不知好歹。」

耳中市民不管是年輕人，還是上了年紀的人，都會問剛認識的人是哪間高中畢業的。只要知道高中，馬上就會開始調查對方的底細，畢竟總有認識的人或朋友，會認識同一所高中出身的某個人，再去問對方「那傢伙是個什麼樣的人？」，努力挖出對方的過往。說起來，我高一時曾跟班上一個男生吵架，還朝他丟過椅子。這肯定也在某個地方被傳得很精采吧？連同我家的事一起。

而且就算成為大人以後，還會因為當年念的高中等級高低，而受到不同的待遇。不管是我這種高中一畢業就去工作的人，還是像時田翼那種升上大學的人，不管是誰都一樣。有時我會想說，這真是有夠悶的。

「很悶吧？」我曾這樣問過時田翼一次。

畢竟我是沒頭沒腦地說了這麼一句，還以為他會回我：「妳說什麼？」但時田翼並沒有那麼做。他只是緩緩地點點頭，回我說：「我想大概不管到哪裡，都會跟在這裡一樣悶吧。」

時田翼說這話的時候，臉上顯得相當疲憊，那時我才第一次強烈地感受到，之前從來就沒想過，我和時田翼的年紀差了有十歲。時田翼頭上承載的各種重物，大概比我多了十年份吧。

「妳外婆還好嗎？」

時田翼面朝前方問道。「我每三星期會去機構見一次外婆，上一次去的時候，大家都在折紙。」

「嗯。」時田翼簡短回答後，就沒有再多說什麼。

「哪邊？」

他在路口前問我。「左邊。」我說。塞在大衣口袋裡的手機響了，畫面上顯示小柳。

「是。」

「檸檬，妳冷靜點聽我說。」

小柳先生的第一句話就是這樣開場，只能給人帶來不好的預感。「怎麼啦？」我忍不住提高了聲音。

「木棉子送醫了。」

剛說完母親送醫的事，繼父小柳先生就抽抽搭搭地哭了起來。好不容易才問出來的醫院名稱並非母親目前上班的地點，好像是在別的地方昏倒被救護車載走的樣子，那裡也不是小柳先生上班的市外醫院。

時田翼聽了事情的緣由，馬上就將車子掉頭，載我到醫院去。我幾乎是連滾帶爬地下車，小柳先生就在大門前等著，一看見我便奔了過來。

「媽呢？」

「正在手術。」

「小柳先生……我媽……我媽她……是什麼病？」

我的膝蓋顫抖著。

「請告訴我。請告訴我，拜託。」

我連懇求的聲音都在顫抖。小柳先生瞬間低下頭，然後回答我：「……盲腸炎。」

「盲腸炎。」

「盲腸……炎？」把這幾個字吐出口，我立刻感覺全身虛脫。「小柳先生在電話中實在哭得太傷心了，我還以為是什麼攸關性命的大病。」

「可是，那真的很痛耶。」

小柳先生鬧起了彆扭。

「但沒問題的，那個人可是耳中的怪醫黑傑克。」小柳先生在自己的臉旁握緊拳頭，開始加油打氣。

「那個人」就是小柳先生的哥哥。聽他這麼說我才想起來，小柳先生的哥哥是耳中市這間最大的綜合醫院的外科醫師。雖然他應該是個「技術高明的醫師」，不過黑傑克不是個沒有執照的醫生嗎？

「小柳……」

後面傳來聲音，小柳先生驚醒似地看了過去，我也回過了頭。時田翼正從停車場往這裡走來，我這才想起自己沒道謝就下了車。

「抱歉，好像只是普通的盲腸炎而已，不是什麼生死攸關的事情。」

「哎呀，這樣啊。」

時田翼點點頭。「那就好。」看見他露出笑容，不知為何，我也想像剛才小柳先生那樣大哭一場。「那麼我先走了。」時田翼向我和小柳先生低頭致意後，回到了車上。

「那我們走吧。」看著小柳先生回頭往醫院夜間大門走去的背影，心想「他又胖了呢」。他的體型原本就比較胖，在和母親結婚後重量又增加了。感覺……像穿著一件布偶裝？總之，他胖得有種幽默感。

為了辦理住院手續，小柳先生暫時離開，我坐在醫院走廊陰暗的長椅上，獨自等待母親的手術結束。

母親是五年前和小柳先生結婚的。他是醫事放射師，母親是護理師，同在一間醫院的他們，據說小柳先生對母親是一見鍾情。

他說：「不是因為她很漂亮。當然她也很漂亮，但木棉子做事總是非常俐落，真的非常帥氣。」追啊追啊拚命追（當事者是這麼說的），好不容易他才將母親追到手（這也是當事者說的），接著只花了短短的三個月就結婚了。

小柳先生的父親是醫生，大兒子和二兒子也都是醫生，所以覺得三兒子小柳先生「不當醫生也沒關係」，結果他就成了醫事放射師。對了，小柳先生的名字叫「三四郎」。

小柳先生其實還有個身體相當虛弱的哥哥，不過他在兩歲時就死了，所以父母一直懷抱著「雖然是老四，但要連同老三的命一起活下去」的心願，將他取名為三四郎。

知道了這件事，我不禁有點同情小柳先生。要把自己的人生過好就已經夠辛苦了，居然一開始就被迫背負了兩個人生。

每當遇到什麼困擾的事，他馬上就會「啪、啪」拍著自己如膠球般閃亮的光頭說：「哎呀，真是沒辦法哪～」他完全沒有女人緣（我想），卻相當受到老人、小孩、貓狗的喜愛。這個小柳三四郎和我母親的婚姻，並未受到小柳一族任何人的祝福，畢竟還有我這個拖油瓶。

小柳先生──我指的是那位「耳中的黑傑克」，也就是小柳先生的哥哥──為了母親，也就是他的弟媳住院之事，不僅特地安排了病房，還在門上掛了「特別房」的牌子。病床旁邊也事先備好了看護用的折疊床，牆邊還有長椅、電視，甚至還有簡易的洗手臺。

「好誇張喔。」我對躺在移動的擔架床上、正打著點滴的母親這樣說，結果她皺著眉頭小聲回道：「真的太誇張了，我反而無法放鬆啊。」

「畢竟是個好機會，妳就在這裡好好休息吧。」

「木棉子就是這樣，我之前就覺得妳過勞了。」小柳先生嘟著嘴說。身為護理師，母親對自己這份工作有著相當強烈的熱情與自信。她十八歲離家，在耳中市的個人診所擔任助理護士，一邊工作一邊上護理夜校，順利取得了證照，並在三十歲時獨力生下了我。只有母親知道我的父親是誰，不管怎麼問，她就是不告訴我。

「女人要獨自活下去，最好是當個護理師。」母親以前就常這麼說。她總是很熱情地建議我當一名護理師，但我拒絕了。畢竟我從高中時就決定了，出社會後要在家庭式餐廳工作。

母親和我兩個人還住在一起時，我們總是吵架。母親上夜班不在家的時候，她總是要求我家事要做得跟她一樣多、一樣好，如果我沒做到，她就會非常生氣。除此之外她完全根本把我當成是個小孩，什麼重要的事都不跟我說。每次我都為此跟她大吵特吵，但每次都講輸她，最後我就非常憤慨地奔出家門。

三更半夜跑出家門，能接納我的地方就只剩家庭式餐廳了。住在大都市的人們是不是有更多地方可以去呢？但我就只能去那裡。

只點了飲料吧就賴在店裡的高中生、沒有聊天對象的孤單老爺爺、帶著孩子的家庭主婦……不管是誰，家庭式餐廳都能寬容地接納所有人。你不需要特地打扮，用筷子吃義大利麵也沒人會管你，不管是稀飯還是牛排菜單都無比豐富，這樣的隨興感，以及走進任何一間分店幾乎都是相同裝潢的安心感，這一切都讓我非常喜歡。因此，不把家庭式餐廳簡稱為「家餐」，是我對它展現的敬意。

「妳工作早退？」

母親躺在病床上，看著呆立在病房中央的我。此時的小柳先生，正勤奮地在整理棉被、調整點滴的位置。

「我被炒魷魚了。」我說。「啊？」母親睜大了眼睛。

「為什麼！」

「……原因我不能說。」

「我說妳啊！」母親突然大聲說了一句，臉卻馬上皺了一下，可能是手術的地方會痛吧。小柳先生連忙站到我和病床中間。

「檸檬啊，妳吃過飯了嗎？我還沒吃呢。」

「……我還沒吃。」

小柳先生將手放在圓滾滾的肚子上說：「那先去買點東西吃吧。」又回頭看向母親：「可以吧？木棉子，我們很快就回來。」

母親嘆了口氣，將頭靠回枕頭上，枕頭發出了微微的空氣聲。房裡沉默了好一會兒，也許才不過幾十秒而已，我卻覺得過了好久。

「妳稍微睡一下比較好。」

小柳先生溫柔地笑著，母親點點頭，默默閉上了眼。

已經過了晚上九點，醫院裡的商店都關門了。我們從夜間大門走到外面，往醫院旁的便利商店走去。對了，我也不愛用「超商」這個簡稱。

我伸手拿起雞蛋火腿三明治，抱著籃子的小柳先生靠到我旁邊說：「來，放進去吧。」我將三明治盡可能地放在籃子的角落。小柳先生說：「就這樣？多吃點啊。」然後準備去拿我討厭的鮪魚三明治。

「我不要那個，我不喜歡。」

「哎呀，這樣啊。那這個呢？」

小柳先生露出難過的表情不過一秒，立刻就像橫向跳躍般，迅速移動到飯糰的架子前。他意外是個動作相當靈活的人。吃飯時，我最討厭三明治加飯糰這種碳水化合物大遊行似的搭配，但為了不讓小柳先生再次露出難過的表情，我指著梅子飯糰說：「那個。」

在回來的路上，我手上提著塑膠袋，裡面裝著小柳先生選的便當、三明治，還有飯糰，以及小柳先生大力推薦說「這個很好吃喔～」、「真的喔～」而買下的期間限定的津輕蘋果口味軟糖。

走在我前方約一公尺的小柳先生，他的褲子後口袋露出了手機，上面插著皮諾丘的耳機孔塞。皮諾丘舉著單手，活力十足地向我打招呼。「嗨，妳好嗎？」

「閉嘴啦。」我在心中回答。「這個死小鬼，不知道晃點了傑佩托爺爺的提醒多少次了。誰想理你啊！」

小柳先生非常喜歡迪士尼卡通，每次有新電影上映，他就會邀母親去看。但母親不是很喜歡看電影，所以總是拒絕說：「你那麼想看就自己去看啦。」我好幾次都見到他一臉失望的樣子。

回到病房，母親已經睡著了。撕開便當和三明治包裝的時候，我們盡可能安靜地不要發出聲音，以免吵醒母親。

小柳先生似乎是一個不小心，將便當角落的醃漬小菜放進了嘴裡，他瞬間有些慌張，眼球迅速地左右移動著。看他的嘴巴就知道，他慎重、緩慢地想用後牙去咬，卻徒勞無功，喀滋聲響徹了整間病房。小柳先生想趕快吞下嘴裡的東西，於是手忙腳亂地找著瓶裝茶。我從頭到尾看在眼裡，心想他也實在太慌張了吧。

高二的運動會上，我第一次見到小柳先生，因為母親忽然把他帶來了。母親本來就不是會為了要幫參加運動會的女兒拍照，特地去占好位置的人。甚至因為工作不能休息，她還常常沒來。但在高中的運動會上，特別是這個不希望家長來看比賽的年紀，她居然帶了男朋友來，我實在難以理解。

我的腳程算快，所以選上接力賽的選手，排序是倒數第二，在我等待上一棒的時候，忽然聽到一個粗獷的聲音喊著：「檸檬～！」「檸檬加油～！」想說是誰啊，這麼熱情幫我加油，結果是母親身邊一個圓滾滾的大叔。

我還記得旁邊的隔壁班朋友問我：「那個人是誰啊？妳親戚？」他話都還沒說完，我就大喊：「我不知道我不知道，根本就不認識！」我邊喊還邊想，「該不會是母親的男朋友吧？」同時也想著，「還真是個不怎樣的大叔耶。」

運動會結束後回到家，母親忽然說了一句：「見過了吧。」在我回答前，她幾乎是用吼地說：「妳媽我要跟那個人結婚！」現在想想，那時母親應該是非常害羞的吧，不過那時我只感到生氣，覺得「這麼重要的事情怎能如此擅自決定？而且，妳在生什麼氣啊！」。

在我看來，母親有時實在是個很難理解的人。雖然她滿溫柔的，而且我覺得，她的確是用愛把我養大的，只是「最喜歡媽媽了」這種話我始終說不出口，也沒那種氣氛。

長久以來，母親從未說過她和外婆感情不好的原因，不過最近她曾不小心脫口說出了一句：「太近了。」就在我帶外婆去機構辦完手續之後，她說：「我們太接近了，所以呼吸困難。」或許母親就是為了不要太過親密，才跟自己的女兒也保持一定距離。

母親很像姬路城，或是說，她像是巴黎聖母院。她有一種讓人覺得宏偉、美麗又莊嚴的姿態，讓人想要靠近，卻又相當困難。我喜歡宏偉、美麗又莊嚴的東西，想靠近又無法接近，所以只能在遠方對它深深地憧憬，懷抱強烈的喜歡。

「檸檬，欸～檸檬啊！」

聽見小柳先生努力小聲地喊著，我這才回過神來。「什麼事？」我回答。小柳先生一手放在嘴邊，用著不知該說是大叔還是大嬸的動作，小聲說道：「我有件事情想問妳……剛才送妳過來的那個人，是妳男朋友嗎？」

「男……啊？不是啦！」

我忍不住大聲起來，母親似乎動了動身子。小柳先生和我都定定看著母親，但沒過多久，她又恢復了平靜的呼吸。

我感覺血液已經衝到了臉頰上，但小柳先生不理會我的反應，自顧自地說什麼「好青春喔」，然後閉上眼點點頭。

「就說不是啦，那個人只是外婆家的鄰居。他今天偶然到我工作的店裡，所以順便送我而已。」

「是嗎？我看你們好像感情很好啊。」

「哪裡好……！什麼跟什麼啊？要是手牽手走著還說得過去，到底怎樣看才會覺得我們那是『感情很好』啊？才不是、不是啦！話說回來，那個人每個星期都會在家裡做甜點耶，而且還會在車上聽落語喔，根本就是個老頭嘛。我才不會喜歡那種類型的人啦，真的不是、不是那樣啦。」

我小聲但非常認真地說明。

「妳跟他很熟嘛。」

小柳先生壓低聲音笑的時候，肚子就會像果凍一樣抖動。

「哎呀，因為在我看來，檸檬妳似乎對他很放得開啊。」

「是、是……是這、這樣嗎？」

我之前有交過幾個男朋友，但我不確定什麼狀態才叫作放得開。說起來，要是問我喜不喜歡他們，我也無法好好回答。通常交往都是因為近在身邊，或是當時的氣氛使然，但很快就結束了。因為要定時跟交往的對象聯絡，還要一起過什麼紀念日等等，這種事對我來說實在很麻煩。

「不管是男朋友，還是喜不喜歡等等，實在是麻煩死了。」

小柳先生「呵呵呵」地低頭笑著。

「如果是非常非常喜歡的對象，其實也不是那麼常見面呢。雖然有人說，人的一生有很多與人邂逅的機會，但要遇上意氣相投或是喜歡的人，機會其實不多，甚至一輩子也不見得會出現一次喔。所以啦，我想妳還是應該要珍惜與剛才那個人的緣分喔……」

小柳先生支支吾吾地說著。我想，母親對他來說應該就是「非常非常喜歡」的人吧。現在也還是這樣。

雖然叫他「金龜婿」好像有點太誇張，但小柳先生他們家族確實滿有錢的，只不過小柳先生個人似乎就比較難說了。

小柳先生的母親知道兒子打算結婚的時候，聽說撲倒在地哭著說：「原本想讓你娶個好人家的好女孩，但你一直說不想結婚。好不容易打算結了，結果對方是個帶拖油瓶的女人？而且還不是結婚生下的小孩！孩子的爸肯定是無法結婚的對象吧！為什麼偏偏……為什麼啊？三四郎！」

小柳先生說他父親很久以前就「放棄」他這個三兒子了，理由是「不能當醫生的傢伙沒用」，所以他父親對他結婚一事並沒有多說什麼，但似乎寄了封信給他說：「隨你自己愛怎麼活就怎麼活，不過別以為你會拿到遺產。」看來算是有點斷絕關係了吧，雖然斷絕關係不是用「有點」可以形容的事。

至於為什麼我會知道這些事呢？因為附近的大嬸們自己就七嘴八舌地對我說了一堆，我根本不用開口問。而且，我根本也不想知道啊！

為了和母親結婚，小柳先生失去了許多東西。

為了不發出聲音，小柳先生將他用超慢速吃完的便當容器，放進塑膠袋裡，然後跟我一起坐在長椅上，中間卻隔了大概一公尺。我們走路的時候也是這樣。不管是在家裡，還是在外面，我們都是這樣。

我和小柳先生經常保持著這個距離，因為必須保持這個距離。

他們剛結婚的時候，小柳先生跟我說：「忽然要叫我『爸』應該很難吧？」

所以向我提議：「要不要先當朋友就好？」小柳先生第一眼看起來是個不怎樣的大叔，但聊天時倒是挺風趣的。他總是相當認真地聽我說話，雖然是中年人，卻不會一直對我說教，也不會總想著要討我歡心。

我想自己大概是第一次認真地被大人平等對待，所以真的覺得很高興，因為母親跟我的相處並不「對等」。

我想我是喜歡小柳先生的，畢竟小柳先生真的非常喜歡母親。我從旁就能感受得到，他對母親的珍惜勝過一切的人事物。

他們結婚幾個月後，那個愛說八卦的大嬸對我說：「妳不可以跟繼父太親密唷。」我才沒有跟他很親密好嗎！畢竟我都十七歲了，又不是小孩子。我只是跟小柳先生感情還不錯而已，如果因為我們會一起去超市買東西就叫「親密」，那也太教人傻眼了吧。

那個大嬸也曾在他們結婚後跟我說：「檸檬啊，妳現在也都叫他『小柳先生』嗎？為什麼叫得那麼像陌生人啊？」

「我們才沒有親密，我只是不想跟他好像陌生人而已。」我回答得很小聲，聲音有些顫抖，大嬸並沒有聽見。她皺著眉頭，但雙唇卻像鬆開來似地繼續說。

「妳想要的話，也能和小柳先生變成『那種關係』啊，畢竟是男人跟女人嘛。要是太親密，感情太好，就會有奇怪的傳聞出現，木棉子應該也會擔心吧。她應該也無法安心才是，畢竟有個比自己年輕、可愛的女人住在同一個屋簷下。」

「對別人指指點點」就跟「在本人背後道人長短」一樣，免費又有趣，我們就這麼成了大嬸的娛樂，無端被消費。

我討厭皮諾丘，那傢伙從木偶變成一個真正的男孩，變成了傑佩托爺爺真正的孩子。但我不是。我絕對無法成為小柳先生真正的女兒。

母親上夜班不在家裡的日子，我只好去住朋友家，避免和小柳先生兩個人待在家。我並不是怕小柳先生會對我怎麼樣，而是當家裡只有我們兩個人時，就會有被說閒話的餘地。

如果沒有朋友能夠收留我，我就會在家庭式餐廳裡繼續消磨時間。我染頭髮，盡可能穿著誇張的衣服，有時候還蹺課，甚至抽起我根本不想抽的菸。這樣一來，附近的鄰居和學校老師就會認為，我是個「因為母親再婚、失去立足之地而變壞的女孩」。是我自己要反抗那個溫柔又善解人意的繼父，我認為這樣就不會有人成為壞人，也是最好的方法。

這麼說來，剛才的飯糰是小柳先生付的錢，我竟然就這樣讓他付了。我正打算拿出零錢，小柳先生卻笑了。

「傻瓜，沒關係啦，那種小錢。」

「可是……」

見我還在繼續找錢包，小柳先生又小聲說了句：「畢竟，妳不是辭掉工作了嗎？」他沒有直接用我剛才說的「炒魷魚」，這點非常像小柳先生的作風。

「妳在存錢吧……得省著點。」

對，我還要買車呢，但我更應該先離開這個家才對。

「我要獨立，自己出去住。」

我應該先去租間公寓，錢要先花在那裡。其實，我早就該這麼做才對。

「咦！」小柳先生睜大了眼睛。

「為、為什麼？……為什麼？咦，為什麼？」小柳先生非常慌張。

「因為小柳先生不是我父親啊。」我拚了命地不讓自己的聲音變得顫抖。要是我哭出來，不止小柳先生會擔心，母親也會醒過來。

我看著臉朝這裡、嘴巴微張、仍在睡夢中的母親，凝視她的臉龐，發現她確實變得比以前老了，額頭的髮際也已泛白。

人都會死，無可避免，但小柳先生和母親誰會先死呢？如果現在母親就比小柳先生先走的話……這樣一想，就覺得我還是應該要離家，因為我不能跟小柳先生兩個人住在一起。

我會用頭去撞維瓦齊的店長，是因為他對我說了小柳先生的事。

「小柳小姐，妳跟父親沒有血緣關係吧？」

在我收桌子的時候，他突然跑到我旁邊來這麼說，看來有人告訴他了。我那時正在拚命偷聽時田翼和那個女人在說些什麼，根本就沒有理他，畢竟我也沒有回答的義務。

店長似乎不在意我沒理會他的樣子，笑嘻嘻地說：

「總覺得啊……總覺得啊，這樣很下流耶。

三更半夜，繼父偷跑來房間……漫畫裡也常看到這種情節的吧。畢竟他們再婚的時候，小柳小姐妳還是女高中生吧？女高中生耶，肯定會用下流的目光看妳的啦。男人就是這樣的生物啊，也可能是看上了妳，所以才跟妳母親結婚的呢。絕對有可能，嗯。

哎呀，至少一定有偷看過妳洗澡的啦……」

店長的話還沒說完，我的頭就撞上了他的鼻梁。

「你就跟附近的大嬸一樣，把別人家的事當成娛樂來消費，藉此抒發自己對日常不滿的情緒。你要自己開心無所謂，但不要推到我身上。」

店長發出「唔呃」的聲音後退了幾步，撞上有客人的桌子，結果餐具盒掉了下來，發出巨大聲響，店裡瞬間一片沉寂。店長的鼻子都流血了，他連忙用手按著，但來不及按住的血就這樣滴到地板上，我只是默默看著。

「不是父親啊，說的也是。」小柳先生喃喃說著，我抬起頭。

「……我也不認為檸檬是『女兒』呢。雖然我沒有親生的女兒可以比較，不過我想應該還是不一樣。但……」

小柳先生低著頭吐出話尾。

「但我們還是家人啊……我覺得，家人就像公司。」

「……公司？」

「嗯。」小柳先生認真地點點頭。

「公司是為了單一目的，然後將各種人聚集在一起，對吧？大家都為了達成那個目的而同心協力。而我就像是被中途錄用的員工吧？」

他看著母親的睡臉，又看向我。

「就算血緣相連，也還是獨立的人啊。不管是成為親子或是兄弟姊妹，都是偶然的，這跟透過考試而聚在一起的組織團體沒什麼不同。意氣相投的人，或怎樣都看不順眼的人雖然很多，但彼此還是要互相幫助，因為這就是工作。」

我沒有回答，小柳先生則是自顧自地點著頭。

「……但公司是為了賣東西、賺大錢的對吧？那家人聚在一起的目的是什麼？我不懂。」

聽我這麼說，小柳先生又睜大了眼睛。

「呃！目的當然就是『活下去』囉。

活下去，說起來並不是那麼簡單的事呢。單純地呼吸、吃飯、睡覺、工作，光是這樣要好好持續下去就是件難事了。」

小柳先生說這話的時候，眼睛裡閃著光芒，我忍不住別過頭去。在和母親相遇前的小柳先生，是懷抱什麼樣的心思、怎麼活過來的呢？我並不知道。

「活下去可是件大工程呢，為了讓這個工程能夠持續下去，成員要怎麼組織都行。不管是有三位母親、只有夫妻兩人，還是有二十個孩子，或是所有人都沒有血緣關係也可以，只要能夠順利運作就行。當然，只有一個人也是一樣。畢竟也有那種一人公司嘛。」

小柳先生還是堅持是公司。

「所以檸檬啊，」小柳先生看著我。「就算不是父親也無妨，不是女兒也沒關係，但我們可以是懷抱相同想法的公司員工與夥伴，所以還是要互相幫助、一起堅持下去。」

「相同想法……？」

看我歪著頭，小柳先生看著母親說：「畢竟我們都最喜歡木棉子了，不是嗎？」然後朝我眨眨眼。我想他應該是在眨眼吧，雖然他兩眼都閉得很用力。

「公司員工啊……」

我喃喃說著。

「啊，如果叫『員工』感覺不好聽的話，也可以叫『船員』喔。如果不想跟別人說『這是我父親』，妳也可以說『這是我們家的船員』啊。」

小柳先生一副「我真是想了個好辦法！」的表情，嘴裡還不斷重複了好幾次「船員、船員」。

「小柳先生。」

「什麼？」

「這樣聽起來更難聽，不要吧。」

「……那……卡司？」

「拜託真的不要。」

「小柳就是小柳啊。」聽我這麼說，他像洩了氣的皮球低下頭去。

「……大家也都叫我小柳啊。」

「這樣啊。」

「我還滿喜歡的呢，這個稱呼。」聽我這麼說，小柳先生終於笑了。

「太好了。」

「嗯。」我點點頭。

「總覺得安下心來、吃飽肚子就想睡覺了呢。」

「你是小孩嗎！」小柳先生笑著說出讓人作此感想的話。看來，小柳先生今天是打算睡在這裡了，畢竟「不能讓木棉子一個人！」。

「檸檬，妳回去休息吧。這是計程車錢。」

小柳先生從錢包裡拿出兩張千圓鈔，我煩惱了好一會兒，最後還是道謝收下。

「那我先休息一下囉。」

小柳先生將頭靠在長椅的椅背上，閉上眼，沒多久就開始打呼了，真是嚇了我一跳。「不會吧？」我看著他的睡臉，「看來是真的很累。」

我在病房裡站了好一會兒。窗簾的縫隙間可以看見夜晚的藍色，我走向窗邊，想著不知能不能看見我們住的房子？我往那個方向眺望了好一會兒，但還是無法確定。稀稀疏疏亮起的住家燈光太小太微弱，根本無法辨別。也說不上是好或壞，但我覺得，這樣的夜色非常有耳中市的風格。

我該回家了，但又想在這裡多待一會兒。再一下下就好。

「檸檬。」

床上傳來母親喊我的聲音，或許是鼾聲太吵把她吵醒了。

「怎麼了？」

「妳過來一下。」母親向我招手。我站在她的床邊，又問一次「怎麼了？」。

「妳的臉再靠過來一點。」

「這樣？」

還以為她要說什麼悄悄話，結果她忽然捏了我的臉。

「傻瓜。」

母親似乎忍住不想哭出來，她瞪著我說話的聲音還帶著奇怪的鼻音。

「妳真是個笨蛋，實在是。」

正要脫口說「什麼啦」，我又閉上了嘴。她可能聽見了我們的對話吧。

「媽。」

我正想從母親手下逃脫，沒想到她卻擰得更用力。

「話說回來，」

母親終於放手以後，指了指小柳先生隨手捲成一團、放在長椅一角的外套。

「可以幫我把那個披在睡在那裡的小柳身上嗎？小柳。」

肯定沒錯，我們的對話母親從頭到尾都聽見了。我還真不知道她裝睡的技巧如此高超，看來她還有很多我不知道的事情。我回答：「明白了，小柳。」

輕緩地離開了床邊。

沒有翅膀
就用跳的吧

那傢伙在哭，還渾身發抖，語氣卻非常清晰，還反覆說著「不要」。所以我跳了，一邊「嘎啊啊」地尖叫著跳下去。我和那傢伙以及包圍那傢伙的人，全都只有七歲。

我的小學叫作肘差村立肘差小學，一個學年大概有六十位學生。明明只有兩班，但一年級和二年級的時候，我都和他不同班。不過在我的視線邊緣，還是能看得到有一個個頭嬌小、臉頰總是紅通通、頂著西瓜皮髮型、長得很像女生的男孩子。我是在第一堂課和第二堂課中間的下課時間發現，那傢伙在樓梯的轉角處被四個男生包圍。

當時的我，下課都會在一到三樓的樓梯間上上下下，進行自稱「忍者修行」的訓練。我會將背靠在牆上，像螃蟹一樣橫著一口氣跳完整段階梯，而且絕不會發出聲音。

「今天的感覺很不錯喔！」我一邊想著下樓的目標動作，想在有人來的時候倏地閃開，並準備從扶手探出頭去確認有沒有人過來，就在那時，我聽見了聲音。好像有幾個人想要搶走某人的鉛筆盒。對於如此卑鄙的行為，七歲的我相當憤怒。我靠著修行鍛鍊出來的快速、靜謐步伐悄悄下樓，無聲地接近轉角平臺。

被包圍的那傢伙抱著鉛筆盒拚命搖頭，我想大概是隔壁班那個西瓜頭。有個人跨出一步，撞了那傢伙的肩膀，就在他腳步踉蹌的時候，又有人踩了他一腳，但那傢伙還是不肯放開鉛筆盒。「絕對不要。」聽見他這麼說，我就「嘎啊！」大叫著跳向樓梯平臺。

我將那些卑鄙之人一個個撞飛，抓起正在哭的那傢伙的手奔下階梯。後面傳來了吼叫聲，但沒有人追上來。

我們在走廊上奔跑著，跑著跑著，就這樣穿著室內鞋跑到了室外。路過的老師尖聲喊著：「鞋子！換鞋子啊！」但我們無視老師的呼喊，就這樣一路跑到中庭才停下腳步，回頭查看。因為跑步的關係，那傢伙的鼻水橫過了臉頰，畫出了骯髒的線條。

時田翼。名牌上用漢字寫的姓氏「時田」我讀得出來，因為跟我一樣。但「翼」要怎麼念我就不曉得了。「那個糊成一片的字要怎麼念啊？」那傢伙聽我這麼說，一邊吸著鼻子回答「一、異」，相當不滿地嘟起嘴巴，大概是不喜歡自己的名字被說成是「糊成一團」吧。

我自報姓名，時田鐵也。不知為何總覺得有夠尷尬的，結果「嘿嘿嘿」地笑了出來。時田翼沒在哭了，反而是一臉狐疑地看著嘿嘿笑的我。

這是距今二十五年前的事了。

電視裡傳出「嘩！」的哄堂笑聲，翼瞄了瞄電視，又低頭看向手邊的書，嘴裡喃喃說著什麼「新鮮、草莓、戚風」，聽起來跟咒語沒兩樣的文字。

「呃……『戚風蛋糕的重點就在於蛋糕體的輕盈。混合蛋白霜的時候必須輕巧』……嗯。要加紅色色素嗎？……真不想只為了買這個跑出去……」

翼邊念出食譜上的文字，邊自言自語，我則在餐桌另一邊拄著手看他。每次我來他家玩，翼通常都在廚房做點心，那是他的興趣。

纖細的手指緩緩翻過書頁，他的手指簡直就跟女人沒兩樣，至今我不知道多少次曾經這樣想過。但翼現在三十二歲了，總覺得跟我初次見到他的時候沒有什麼改變。當然，他已經不是西瓜皮了，劉海長了些。

翼他爸從我坐的椅子後走過，對著他兒子說「我出門了」。翼抬起頭來回道：「喔，路上小心。」他爸又轉向我說：「星期六晚上，兩個大男人在幹嘛？」

「加深友情。」

「友情也很好，但也該娶老婆了吧。」

我不曉得這句話是對我說，還是對翼說的，因為我們兩個都單身。在我思考的時候，他已經消失在大門外了。

翼他爸從十多年前就一直用自己有心臟病為藉口，偷懶不清水溝，以及協助社區中心打掃等本地互助會的工作，以前我媽常為此相當憤怒。每次我來他們家玩，他爸多半都獨自看著電視，還一手抱著一升裝[4]的酒瓶，不管白天或晚上都一樣。以前翼就相當困擾地對我說過，那樣對心臟真的不好，但他就是不戒酒。

因為翼的爸有這樣的情況，今晚的外出自然相當難得。

「伯父要去哪裡啊？」

聽見我發問，翼闔上食譜書，再次抬起頭。

4 日本一種用於盛裝液體的玻璃容器，容量為一八〇〇毫升 ± 15毫升，形制有工業標準。因其容量為傳統上的一升而得名。日文別名「一・八公升瓶」（1.8 L びん）。

「段戈。」

端歌、斷鴿、短戈，拼拼湊湊，總算擠出了「短歌」這兩個字。「短歌就是那個嗎？平安時代的人會寫的那個？」翼回答說：「怎麼會想到那麼久以前呢？至少也該說是石川啄木的時代吧。」什麼叫「至少也該」啦！

「我又不懂那種東西。」

總之，他爸似乎是與長期斷絕音信的老同學，不知什麼原因又重新有了交流，最近開始會去參加他們短歌同人誌的聚會。聽說他在學生時代就有寫過一些短歌，但進入社會後就沒有再繼續寫了。也就是說，中斷了有五十多年之久。

翼說：「哎呀，能找到興趣的話也不錯啦，總比一直關在家裡喝酒好太多了。」感覺他也沒有特別感動。

「喔，是喔，我是不太懂啦。」雖然我這麼回答，但下定決心抵死不會讓我爸媽知道這件事情。城鎮合併讓耳中郡肘差村成為耳中市肘差已經十幾年了，但現在仍存在「村子的法規」。翼他爸不親切、沉默、偷懶不掃水溝，也不參加肘差的春日慶典，說得客氣點就是：不太融入大家。

翼的媽媽還在這裡的時候，因為她非常受到大家歡迎，所以勉強只是「不太融入」的程度，但他們離婚之後就完全不可能了，他甚至可以說是被孤立。

我想起我媽說的：「不能協調配合的人，真的很糟糕呢。」要是聽到他在寫短歌什麼的，我爸媽肯定要嘲笑翼他爸。就算不是短歌，其他東西也一樣，反正只要做出和別人不一樣的事，在肘差這種狹窄的世界裡，就一定會成為被嘲笑的對象。

「翼，話說回來，我有點餓了。有沒有東西吃啊？」我問。

翼默默地從櫃子裡端出盤子放在我面前，說是早上烤的餅乾，裡面加入了大量杏仁碎片。

「真好吃。」

「這樣啊，那就好。」

好吃、超好吃的，我感動到吃了好幾片。

「你要不要換工作啊？就是當那個啊……那個做甜點的人。」

「甜點師？」翼這麼問我，我點點頭說：「對，就是那個。」翼現在是在農協工作。

「不行。」

「為什麼？」

「我想出人頭地，在現在的職場。」

他還說什麼可以的話想當到部長。「為什麼？」我只能這麼問了。

「我想要消滅斟酒警察。」

「那是什麼啊？」

翼說，斟酒警察就是「在酒席上硬要別人斟酒，以及會去罵那些不主動斟酒的人『很不機靈』、或是保有這種想法的人」。

「雖然沒辦法消滅全日本的斟酒警察，但在我自己所處的環境可能還有機會。但要改變規則，就只能成為制定規則的人。所以我要當上部長，然後在酒席上高聲宣布：以後這個部門的宴會上，都不許幫別人斟酒！」

「太小了吧！你的夢想也太小了吧！」我邊喊邊把餅乾屑噴了出來。「唔哇！好髒！」翼大叫著把整盒面紙推給我。

「偉大的夢想就交給你實現啦，鐵腕。」

他垂下視線，靜靜喝起茶來。他明知我沒有什麼偉大的夢想，所以才這麼說的嗎？對了，「鐵腕」是我的綽號，雖然由我自己說有點不好意思，不過以前比腕力我可是強得跟鬼一樣，所以才有了這個綽號。

「偉大的夢想嗎？」我喃喃念著。

我的工作是裝潢，工作的地方叫作須賀工務店，公司很小，加上老闆總共也才五個人。五個人裡，負責會計的是老闆娘。薪水這麼低，怎麼可能有啥大的夢想呢？成為「裝潢之王」嗎？也太蠢了吧！

話說回來，這傢伙要是來我家的話，肯定會活不下去的吧？雖然我長大以後還是幾乎每個星期都會來這裡玩，但翼從孩提時代開始，去過我家的次數大概一隻手就能數完。可能是因為，我家從各種方面來說都非常傳統，他很難融入那種環境。又或者是，他可能有發現我爸媽討厭他爸吧？但我也沒有問過他，所以不是很確定。

我試著問翼：「下星期『肘差春日慶典』的時候，你要不要來我家？」他臉色大變地回說：「我不去。」哎呀，果然如此。

肘差春日慶典是這裡的傳統慶典，每年四月舉辦，居民將貢品供奉給肘差神社，並獻上傳統舞蹈後，就會開起宴會。大家會準備許多酒菜招待客人，每年的宴會場地都不同，各家輪流，每次大概會有三戶人家成為宴會會場。

沒有被選為會場的人家，就會帶著紅包、一手啤酒，或是一升裝的酒前往會場。因此每個會場通常會從早上就開始熱熱鬧鬧地喝酒、唱歌，直到三更半夜。

如果輪到我家負責招待酒菜的時候，似乎從以前就習慣絕對不叫外賣，所以奶奶、媽媽和大嫂幾乎是從前一天就開始熬夜準備菜色。慶典當天她們也不斷往返於廚房和宴客廳之間，連坐下來的時間都沒有。爸會穩穩地坐在大後方，還不時會命令媽「再多拿點酒來」，或是「差不多該把那道菜端出來了」等等；哥哥很擅長與人聊話，所以總是在客人之間穿梭。但不管是招呼人還是被招呼，這些人全部都是斟酒警察，這裡簡直就是斟酒警察的總部。

「偉大的夢想嗎？」我不禁又想起了這件事情。我當然也是有夢想的，眼下應該就是和玲子結婚，雖然並不是什麼了不起的夢想，但以目前遭到爸媽強烈反對的情況來說，這個夢想也不容易實現。

「今年我會帶玲子去喔。」

「帶玲子？春日慶典嗎？哇！」翼皺起眉頭，「沒問題嗎？」

「不知道。

雖然不知道，但我要帶她去。玲子是個好女人，無論是面對工作還是自己的興趣，她都非常努力，而且態度明確又堅定。我想，爸媽只要見過玲子，一定也會喜歡她的。」

翼還是皺著眉頭。

「爸媽反對我結婚的理由有兩個，一是玲子比我大了三歲，另外就是她離過婚。

我聽說離婚的理由是前夫出軌，她結婚的時期是二十六歲到二十九歲，已經是認識我四年多前的事情了。

爸媽老是這麼說：『總之要生孩子的話，還是年輕點比較好，所以我們反對。』應該說主要是老爸一直說『我反對！我反對！』，而母親只是在一旁點頭而已。母親基本上不會違逆父親的意思，所以父親的意見就等同母親的意見。

玲子本人當初似乎也很猶豫要不要跟我結婚，她是個說話直截了當的女人，但一講到結婚，她就會含糊其辭地說：『總覺得有些害怕……』

我也已經向玲子低頭懇求過好幾次，『我就是喜歡妳，不是為了想要結婚而已，對象一定得是妳才行啊！』或許是我的努力終於打動了她，玲子最後終於說了：『我知道了，那就結婚吧。』接下來，我只要說服爸媽就好了。」

「……那麼你又如何呢？」

「咦？」

我想翼應該有正確理解我的問題，但他卻一臉「你在說什麼？」的表情。

「別裝傻了，」就我所知，這兩年左右翼是完全沒有女人的。

「你跟那女孩怎麼樣啦？我說。」

「……那女孩是指誰啊？」

翼又在裝傻，「那女孩」就是去年底跑去翼家，偷摘庭院裡的柚子的年輕女孩。雖然我是不清楚怎麼一回事啦，但翼似乎相當在意那個女孩，偶爾還會說什麼「不知道她有沒有好好吃飯？」之類的話，跟老媽子沒兩樣。就我看來，那女孩應該對翼有意思吧。

「兩年很長耶，你就跟那女孩交往啊。哎呀，對方好像也滿可愛的啊。」

聽我這麼說，翼一臉不悅地說：「別鬧了。」

「為什麼？」

「別鬧了，那樣是犯罪吧。」

我問他那孩子還沒成年嗎？他說已經二十二歲了。

「那就不是犯罪了吧。」

「是精神上的犯罪。」翼說著我完全聽不懂的話，還「啪」的一聲闔上了食譜書。看來他的意思是，不要再談這件事了。

電視又傳出宏亮的笑聲，翼轉過頭去看，我也跟著轉動自己的脖子。那是一個正在比手畫腳說著什麼的男人，名叫「莫札瑞拉 YUTAKA」（大概是藝人），最近很常在電視上看到他。這傢伙兩年前才跟一個女演員結婚，最近離婚了，原因似乎是莫札瑞拉 YUTAKA 出軌，須賀工務店的老闆娘說，女演員在離婚的記者會上一直哭。

「真是個壞蛋，讓女人哭的傢伙實在非常惡劣。」我瞪著螢幕中手忙腳亂的莫札瑞拉 YUTAKA，「明明是他不好才離婚的，他卻把這件事講得好像很有趣，真是令人不爽。」

「是嗎？」

聽我說他令人很不爽，翼用手拄著自己的臉龐。

「莫札瑞拉 YUTAKA 和女演員之間真正發生了什麼，只有當事人才知道。真相或許跟旁人想的情況完全不一樣，也可能跟他現在說的根本是兩回事。」翼說。我正想反駁時，手機響了，上面顯示著我沒有印象的市話號碼。「喂？」接起電話，聽見是玲子的聲音。

「鐵也。」

玲子用軟綿綿的聲音喊我，她喝醉了嗎？完全聽不懂她在講什麼。一陣窸窸窣窣之後，傳來一個更低的女性聲音說著：「喂喂，你是鐵也先生嗎？」

「我是啊。」

女人說她自己在開店，是玲子的老朋友了。玲子今天忽然跑來，不知為何喝得挺快，然後就醉倒了。畢竟她自己的店，沒辦法送玲子回家，所以想問我能不能去接她。「我馬上去。」掛上電話後我立刻起身。

「翼，你也來。」

「咦？好麻煩，我不想去。」

玲子說，她今天工作結束會跟客戶去吃飯，也就是負責接待工作，應該會喝酒，所以沒辦法跟我見面。她似乎相當喜歡現在的工作，就算是星期六也會主動去上班。她應該是結束之後，一個人去了朋友的店吧。

這樣一來，她的車肯定是停在公司的停車場，我打算請翼去開那臺車，再幫忙把車子開回她家。

「你接完玲子就直接住她那裡就好了，車子你們明天再一起去拿。」

「我明天工地很早，沒辦法住玲子家，今天一定要回家睡覺。」

「真麻煩。」翼碎碎念著，但還是站起身來。畢竟他是相當體貼的人，就算一邊抱怨，基本上還是不會拒絕朋友的請託。

「不過還真是難得呢。」我在開車時這樣想著，玲子在外面喝酒的時候很少會喝醉，她說過自己會控制酒量，是因為在「老朋友」的店所以才放心喝的嗎？還是跟「客戶」之間發生了什麼不愉快的事，所以借酒澆愁？

玲子在耳中市內的保險公司上班，據說常會到我上班的須賀工務店辦理火災保險或汽車保險的手續，但那個時間我通常都去工地了，所以沒在公司見過她。

老闆娘總是稱讚玲子「是個相當能幹的女性！」、「做事非常俐落的好孩子！」，所以有一年就招待她來參加公司的尾牙，我就這樣認識了她。在尾牙上現身的玲子戴著眼鏡，身穿黑色合身套裝，給人一種完全無機可乘的感受，就連喝酒的時候都打直了背脊。

那是一間只有吧檯的小店，玲子趴在最裡面的位子上，肩膀上好像披了一條絲巾，自稱是玲子老友的女人從吧檯走了出來。她個子很高，頭髮很短，還說了一個簡直像是笑話般的名字：櫻花開子。

「你就是鐵也先生？」

櫻花開子說她聽說了不少關於我的事，但我從沒聽玲子說過關於這間店和櫻花開子的事。玲子擁有我不認識的世界呢，總覺得心裡有點寂寞。開子不太在乎我侷促的模樣，壓低聲音說道：「你要帶她回家對吧？」

聽櫻花開子說，玲子離婚的理由並不單純是前夫出軌，也是因為和前夫的爸媽處得不好。每次發生問題，前夫總是說出包庇自己父母的話，因此夫妻的感情也就變得更糟了。

「所以啦，她似乎相當煩惱，害怕可能又會走上一樣的路。」

「她還說了什麼？不過沒問題的，我已經教她怎麼做才能討長輩歡心。真的非常謝謝妳。」我雖然低頭道謝，卻覺得有點不開心，想著「別把我跟那種只會站在自己父母那邊、結果還出軌的男人歸在同一類好嗎！」

「玲子，包包借我一下喔。」我對她這麼說完，在包裡找到車鑰匙後，就遞給了在我身後等待的翼。

「好啦，回家囉。」

我背起玲子上車，讓她坐進副駕駛座時，她喃喃說著「對不起」，看來人還是清醒的。

我將車子開到她公司的停車場，玲子的小白車就停在那裡。我們兩臺車就這樣一起開向玲子獨居的公寓，等紅燈的時候我看了看後照鏡，確認翼有好好跟上來。

「鐵也。」玲子呼喚著我。「怎麼啦？」我轉過去，玲子正靜靜地哭泣。

「怎麼啦？怎麼在哭呢？」我別過眼睛問道。

「對不起……我沒事。」

燈號轉綠，左轉過後馬上就到公寓了。

「春日慶典，是下星期吧？我會好好加油的。」玲子吸著鼻涕說。

「嗯。」我點點頭，停下車子。玲子下車後，用著不是很清晰的語調說「我一個人沒問題的」，然後朝著開著她的車、停在入口處的翼奔了過去，並告訴翼車子停放的位置。

「給您添麻煩了。」

玲子向下車的翼深深彎下腰，咬字還是不清不楚。「不不，沒有那回事。」翼也回禮說道。

看著玲子搖搖晃晃走進公寓大廳之後，翼便坐到了我車子的副駕駛座上。「真抱歉。」我向他輕輕點個頭便發動了車子，翼一句話也沒說。

車子再次奔馳在夜晚的道路上，過來的時候沒發現，不過耳中站前似乎蓋了一棟新的大樓。車站南邊去年初才開張的迴轉壽司店已經倒了，現在是一間小鋼珠店。小鋼珠店隔壁那棟出租大樓的一樓是一間便當店，我記得便當店的前身好像是一間藥房吧，我不是很確定。這裡雖然是個什麼都沒有的地方，依然有著小小的變動。

「那間便當店的前身，應該是間藥局吧？」就算我開口說話，翼還是一語不發。

我瞄了一眼副駕駛座，他的表現就跟戴著面具沒兩樣，這傢伙非常生氣的時候就是這副模樣。

「怎樣啦？」聽我這麼問，翼終於開了口。

「玲子小姐好像非常勉強自己的樣子。」

「我不知道……」我回答他，「呃，不過她剛剛在哭。」聽我加上這一句，翼重重嘆了口氣。

「其實她應該一點都不想去吧？春日慶典。」

「你是說，她不想跟我結婚？」

「我沒這麼說。」翼搖了搖頭。「那是為什麼？」我的聲音也開始變得尖銳。

翼支支吾吾地「嗯」了好一會，又陷入了沉默。

「……你有問她為什麼哭嗎？」

好不容易開了口，居然還反問我問題！我也有點不高興了，「就跟你說我問了，但玲子說她沒事，所以我還是搞不懂為什麼。」翼忽然對我大聲喊道：

「鐵腕！」

「怎樣啦！」

我也忍不住大聲了起來。

「你不要什麼事情都說『不知道』！」

我瞄了翼一眼，他的雙手在膝頭上緊緊握著。

「我們不知道的事很多，很多時候也只能不明不白地得過且過。但至少玲子小姐的事你要弄清楚吧！你不是要跟她結婚嗎?!」

面對非常難得發怒的翼，我實在不知道該如何回答才好，兩人陷入了尷尬的沉默，我只好假裝專心開車。

結果直到翼的家門口，我們還是一句話也沒有說。

車子一停在他家門前，翼立刻就下了車，一句「掰囉」或「下次見」也沒有。什麼嘛！這種感覺很寂寞耶，可惡！我一臉埋怨地目送他離去。

我不知道——這句話我很常用。

我的腦袋本來就不靈光，書念得不好，也很不擅長用言語向別人說明自己的所思所想。或許可以這麼說，我每次說到最後，就連我自己都會搞不清楚怎麼一回事。

工作上也是這樣，每次有新人到公司，我都不禁想說，與其用言語教他怎麼做或是叫他去做什麼，還不如自己做比較快。

我和翼不同，那傢伙看起來老是在思考一些很困難的事情；玲子也是這樣，她老愛用一些我不懂的詞彙。

我擅長活動身體，也喜歡工作，對於太過複雜的事情實在很不會應付。勤奮工作，不知道的事情就大聲說「不知道！」，在別人眼中我似乎充滿了「男子氣概」，看起來是個不拘小節、個性大方直率的男人。但實際上，我真的只是什麼都沒在想而已。

「不能夠說『我不知道』嗎？」我試著問須賀工務店的老闆。「嗯啊。」老闆手上拿著掃把和畚箕看著我。

今天原本要去的工地作業忽然取消了，無可奈何的我們，只好開始打掃辦公室。

「雖然你這麼說，但不知道的事情就是不知道吧。」

「是不是。」我點點頭，擰著抹布。「玲子說了你什麼嗎？」老闆笑著問我。

老闆和老闆娘都知道我在跟玲子交往，非常喜歡玲子的老闆娘大概每兩天就會拚命交代我：「結婚很好啊，但你要讓她幸福喔。」

「不是啦，是我那個從小學就認識的朋友，那傢伙……」

「哎呀，肯定是叫你趕快結婚啦。」老闆會說這話，表示他根本完全沒有在聽我講什麼。

「被爸媽反對又怎麼？你都已經三十二了吧，趕快離家獨立啊！」老闆說到這裡忽然笑了出來。

「不過要是私奔到太遠的地方，辭掉我們這裡可就不好啦。我可是相當期待你的將來呢！」

老闆還把手放在我的肩膀上，難道我真的只能夢想當個裝潢之王嗎？

傳真機動了起來，吐出一張傳真紙，老闆看了一眼，叫我把這個拿去給小綠。小綠就是老闆娘，老闆不管在誰面前都叫得這麼親密。

辦公室和老闆家是相連的，老闆娘應該在廚房吧，我拿著文件走過去。走廊盡頭飄來很香的氣味，是在做菜嗎？剛這麼想的我就看見老闆娘靠坐在桌邊，好像正在看什麼雜誌。

「老闆娘！」聽見我的聲音，她依然看著雜誌，伸手接過我遞出的文件。

瓦斯爐旁邊放著盛裝炸雞塊的托盤。「炸雞塊，是你嗎？就是你散發出的香氣吧！」我一邊想像一邊偷瞄，此時老闆娘忽然抬頭看著我。

「阿鐵，你看看這個，好厲害喔。」

她將雜誌轉過來給我看。老闆娘正在看免費報紙上登載的訪談專欄，這個專欄每次都會介紹耳中市的企業名人，或是耳中市出身的創業人士，老闆娘好像每個月都興致勃勃，看得很投入。

彩色照片中微笑的那個人，我以前還滿熟的——是翼的媽媽。

「隨年齡增長的女性之美」，在這個標題的下方用小字寫著：株式會社貝爾總經理／白山廣海。翼的媽媽在四十多歲時離婚了，兩年後和擁有類似境遇的女性一起合開公司，現在依然活力十足，勤奮地經營著她的事業。

「真的很厲害呢。」我點點頭。但我沒說她是我朋友的母親，我並非刻意隱瞞，只不過這也不是什麼非說不可的事情。

「要是我根本就辦不到。」老闆娘搖搖頭，似乎是對白山廣海的人生態度相當感動。此時我忽然發現，這樣的生存方式，換作我媽應該也做不到吧？

一星期很快就過去了，春日慶典終於到來，女人們從前一天開始就一直待在廚房裡。雖然才過早上十點，但是鄰居大叔們的臉早就已經紅通通一片，四散在宴會廳裡。「到了」，我的手機收到了玲子傳來的訊息，她似乎是搭計程車來的。我到門口迎接玲子，她穿著白色洋裝，表情有些僵硬地站在門口。「打擾了！」她的聲音有些尖銳，感覺很緊張。

我將玲子帶到已經滿臉通紅的老爸跟前，這些大叔似乎在說什麼下流的話題，場面相當熱鬧，卻在看見玲子瞬間便安靜了下來。

「這是木原玲子小姐，是我正在交往的對象。」

聽我這麼說，大叔們發出了「哇喔！」的歡呼聲。雖然老爸之前不斷把「反對結婚！」掛在嘴邊，此時竟瀟灑地說了句「歡迎啊」，讓我稍微放心了一點。

一直以來，我在老爸面前總是畏畏縮縮，因為他生氣時的聲音非常宏亮，小時候我只要惡作劇，常常會被他痛扁一頓。

雖然須賀工務店的老闆和老闆娘告訴我，「你都三十好幾了，結婚還要爸媽同意嗎？」但我心想，「要啊。」玲子很重要，但爸媽也很重要，我希望得到重要之人的祝福，再跟玲子結婚。

玲子遞出了伴手禮，好像是巧克力，從包裝看起來感覺相當高級。老爸收下之後就把老媽叫了過來。

他把巧克力的盒子交給老媽，小聲地說：「妳趕快把那個拿出來。」我想應該是什麼菜吧。

老媽慌張地向玲子打過招呼，抱著巧克力的盒子又匆忙地進了廚房。

「木原這個姓氏，應該是出身餅揚那一帶吧？」

有位大叔說了個耳中市的地名，這裡的人幾乎一聽到姓氏就能知道大概的出身地。「是的，我父親的老家在餅揚。」玲子微笑回答的時候，我哥哥走進了宴客廳。老哥今年四十歲，樣子看起來就像是老爸的縮小版，他一看玲子就誇張地「哎呀呀」，然後高舉雙手。

「妳好妳好，我是鐵也的哥哥，請多指教啦。」

說完之後，他又轉向了大叔們。

「鐵也說，無論如何都要跟這個人結婚呢，看來是真的很喜歡人家喔。」

「哇！」大叔們吹著口哨又鬧了起來，玲子馬上被團團包圍，立馬進入了質詢大會。他們會問「在哪裡上班」，卻不會問「做什麼樣的工作」；還問哪間高中出身、是否認識自己的國中同學某某某之類……但畢竟和玲子的學年實在相差太遠，玲子怎麼可能認識對方呢。雖然困擾了好一會兒，但她馬上露出笑容道歉說：「真是抱歉。」

玲子還是那個玲子，但又好像哪裡不太一樣。有人咕嘟嘟地幫她倒了啤酒，她也是說聲「謝謝」就微笑舉起了酒杯，還會自己幫人倒酒。

看著她的樣子，總覺得有種「到底是怎麼搞的？」的感覺。

「是個美人胚子嘛！」

爸悄悄這樣跟我說，「雖然是有點年紀了啦。」爸又多嘴說了這句。但看著老爸的笑容，我努力說服自己：「他肯定是對玲子有好感，所以只是開個小玩笑而已。」

玲子在應付大叔這方面實在相當高明，可能是實踐了櫻花開子教她的那些「受長輩歡迎的訣竅」吧。她一直保持微笑，有人敬酒也不會拒絕，對方的杯子空了就會馬上幫忙斟酒。就連老爸在內，在場的大叔們似乎都非常開心，但我卻覺得有點悶，這真的是我想看到的結果嗎？

「欸欸，玲子啊。」

人在稍遠處的老哥忽然喊了聲玲子，他怎麼連個小姐都不加了?!

「是？」玲子轉了過去。「妳姓什麼啊？」老哥問。在玲子回答前，有個大叔已經自動幫忙回答了：「木原小姐，是餅揚那裡的人。」哥哥微笑地說「不是、不是」，我突然有種不好的預感。

「我是說，妳結婚那時姓什麼？」

這一瞬間，宴會廳裡都靜了下來。「哥！」我正要起身，玲子卻拉了拉我的袖子，她依然保持微笑地回答：「嗯，我……已經忘了呢。」

「是嗎？這麼容易就忘掉？那可以問妳，為什麼離婚嗎？」

「喂！」我瞪著老哥，他竟大聲地說：

「又沒關係，而且爸跟媽都很在意啊，現在講清楚比較好吧？除非是什麼不能說的理由。」

老哥開心地笑著。他在榻榻米上跪著前進，硬是擠進我和玲子之間。「哎呀呀，先喝一杯再說。」他用力地遞出啤酒瓶，玲子的杯子還裝著剛剛才倒滿的啤酒。她喝了一口之後亮了亮杯子，哥哥笑著搖搖頭，他的意思是要玲子一口氣乾掉。

「我啊，可不是故意要暗算妳的喔，玲子。」
哥哥真的很醉，連呼吸都有夠臭。
「這種事情如果趁本人不在的時候偷偷講，反而會被加油添醋的啊。如果不是什麼丟臉的事，在大家面前清楚地講開也無所謂不是嗎？
沒問題吧？現在離婚也沒有多稀奇啦，我周遭也有很多人離過婚啊。
離婚本身也沒什麼問題，但如果玲子本人就是原因的話，那就不好說了。
我們就是這樣才覺得不安，妳懂嗎？」
老哥說著。
「理由是……」
我用手制止正打算開口的玲子。
「不用！不用！這種事情根本沒必要再說！」
以前玲子告訴我離婚的理由時，我只是回說「這樣啊」。過了很久之後玲子才告訴我，我的反應讓她覺得萬分輕鬆。
大部分的人似乎都會說什麼「肯定是妳不夠忍耐」，或者是「妳只顧著工作讓丈夫感到寂寞，所以他才會出軌」之類的話。

「所以真的不太想告訴別人呢。」當時玲子笑著這麼對我說。她還說：「只有鐵也會默默地聽，讓我覺得安心了不少，謝謝你。」

「你夠了沒啊！」

我抓住哥哥的肩膀。

「鐵也，你在生什麼氣啊？」

哥哥邊笑邊緩慢地推開我的手。

「就跟那些上電視的傢伙一樣啊，沉默的人在節目上就會一直被追問。哎呀，就像那個誰……莫札瑞拉什麼的？就跟他一樣，輕鬆自在、開開心心地全部說出來不就好了，是這樣對吧？」

聽他這麼說，玲子默默地微笑。哥再次遞出了啤酒瓶，她半放棄似地喝乾自己的杯中物。「莫札瑞拉是……」我的聲音有些沙啞，硬是清了清喉嚨，再深吸一口氣，然後吐氣。

「莫札瑞拉 YUTAKA 是莫札瑞拉 YUTAKA，玲子是玲子啦！」

不想說的事情，不要說就好，才不可以強迫對方「輕鬆自在、開開心心」地說出來，這根本就是暴力。就算我腦袋不好，這種事我還是明白的。

此時突然有人說了一句：「怎麼這麼大聲啊？」老媽拉開了紙門，抱著一個大盤子站在門邊，盤子上疊滿了炸河蟹，只要去肘差河的上流就能抓到很多這種河蟹，算是肘差名產。

「哎呀，我們家的男人聲音都有點大呢～」

老媽的語氣聽起來怪怪的，腳步感覺也不是很穩。「妳該不會喝了酒吧？」老爸正要開口詢問，老媽立刻就被坐墊絆倒，往前摔了一跤，河蟹掉得滿地都是。老哥看得啞口無言，老爸馬上大聲喊道：「蠢貨！」老媽則搖搖晃晃地撐起了身子。

「妳喝酒了嗎?!妳喝了酒嗎？回答我！」

老爸的額頭浮現青筋開始怒吼。

「要注意腳邊啊！在客人面前不要這麼丟人現眼！螃蟹都浪費掉了！到底在幹嘛？妳喝了酒嗎！為什麼不看清楚腳邊再走！」

老爸的怒吼絲毫沒有要停下來的感覺。

「我沒喝酒。」

老媽一臉不開心地跪坐下來。

「我只有吃巧克力。」

「可能是玲子送的那盒巧克力吧，裡面或許含有酒精成分。老媽的酒量很差，我不知道她吃了多少，但她從早上起來就沒有空吃東西，酒精可能會發作得比較快。」我才這樣說完，老爸便瞪了玲子一眼。

「為什麼吃之前不確認一下！明明知道自己是這種體質，就要多注意啊！妳怎麼老是……」

老爸轉向老媽又繼續砲轟，老媽一邊隨口應著「好～」、「抱歉～」、「對～不～起～」，一邊開始撿螃蟹。看來老媽醉了之後就什麼都不放在心上了，我還是第一次看見她這樣。

玲子站起來靠到老媽身邊，開始幫忙撿螃蟹。

大叔們和老哥卻別過眼睛開始吃東西，一臉尷尬地低下頭。

「那個，我可以問一件事嗎？」

玲子忽然像教室裡發問的學生一樣舉起手來，爸嘆了口氣：「……啊？」

玲子低下頭不過一秒，便大大吐了口氣抬起了頭。

「這樣不是很奇怪嗎？為什麼您沒有先擔心她摔倒呢？她很可能受傷了

啊。為什麼您不幫忙收拾螃蟹呢？她是你老婆耶，對著一個犯了錯，此刻可能相當沮喪的人，您為什麼要在其他人面前對她大吼大叫呢？」

她一口氣說完這些話，又緊緊抿住了嘴唇，這個表情就跟我在尾牙上，第一次見到她的時候一樣。

「玲子啊，」老哥對她喊道，「妳也太不可愛了吧？」

「我覺得啊，」老哥有點無可奈何似地將杯子放在桌上，「女人不應該這樣放肆地發言耶。」

我們第一次見面的那個尾牙上，老闆和其他員工一直向玲子勸酒。大家還一直跟她說：「妳把背挺得這麼直，感覺根本都沒有放鬆嘛！喝啊、喝啊，盡量喝啦！」

「我一個人在家的時候就會放鬆，喝太多的話反而非常不舒服，所以我會考量自己喝酒的速度，謝謝大家。」玲子回答的時候還是挺直了背脊。

接著有個員工就說了句「真是無機可乘」，他真是說出了我的心底話，不過他之後說出來的話，卻跟我想的完全不同。

那傢伙說的是：「無機可乘的女人可是不會受歡迎的喔。」但玲子對這句話的回應卻讓我感動不已。

「會想乘機吃女人豆腐的男人，我是不會喜歡的。所以就算不受那種人的歡迎，我也一點都不在意。」

竟然！她竟然是這麼帥氣的女人！在那一瞬間，我就喜歡上玲子了。

「玲子～！」

我忽然大喊了一聲，所有人都嚇了一跳，玲子也是。我大步走了過去，一把將玲子扛起來，直接朝著大門奔去。「哎呀等等，怎麼了、怎麼了啦。」被我扛著的玲子「咚咚」拍著我的背，老媽笑得「嘻嘻、呵呵」的聲音從宴客廳裡飄了出來。

大家都說我很強悍、很有男子氣概，對於不知道的事情就放任自己不知道，如果把這種遲鈍叫作男子氣概，那我肯定是個堂堂的男子漢。

但我一點都不強悍。比腕力不輸給任何人，也已經是我小學時的事了。長大之後，比我強的人多的是，現在的我一點都不強悍。甚至，我還要玲子去做一些完全不是她會做的事，還希望藉這次來家中拜訪，爸媽就會允許我們結婚，我根本就是個器量狹小的男人。

小學時的我，在樓梯平臺看見翼的時候，他明明在哭，卻一步都不肯退讓，這真是嚇了我一大跳。雖然看起來沒有什麼男子氣概，他卻非常強悍，那傢伙一定有一對翅膀，就跟他的名字一樣。有翅膀的男人將來也許會在天空飛翔，然後就能看見我、我老爸或是我老哥這種男人，一輩子都無法看見的景色。

我沒辦法成為像翼那樣的男人，畢竟我們實在差太多了。雖然我沒有翅膀，但是……

我就這樣扛著玲子，赤腳從屋子跑到大門外，一路跑到街上。我也不知道該去哪裡，住在我們家隔壁再過去一點的那位伯母，從她家裡走出來，傻眼地看著我們。

「鐵也！放我下來！」

「不行！」

我真想這樣一直跑下去，但氣卻喘不過來，心裡邊想著「可惡！」，雙腿就這麼一軟。好不容易踩到地面的玲子，用拳頭用力打著我的肩膀。

「好痛！幹嘛啦！」

「什麼幹嘛……這才是我該說的啊！」

玲子抿著嘴，摸著自己的拳頭，卻忽然像消了氣的皮球似說：「……對不起。」

「妳為什麼要道歉啊？」

「……因為我對你父親說了那種話。但我實在是受不了了。」

玲子低下頭。

「這樣就不能結婚了吧？」

玲子皺著臉，大概想忍著不哭出來。

「才不會。沒有那回事。」

我重重地說著。

玲子那些話雖然是對著我爸說的，卻也是要說給我聽的，因為我也沒有關心摔倒的老媽是否沒事，也沒有幫她撿掉落的螃蟹。明知老媽從昨晚連飯也沒有好好吃，還一直站著工作，卻完全沒有要幫忙的意思。我回想自己幹的那些壞事，心裡感到微微的刺痛。我什麼事都沒做——這就是我幹的壞事。

因為這個家就是這樣，從以前就是這樣，因為老爸就是這種人。只是因為這樣，所以我什麼都沒做。就算不是玲子，如果是翼在那裡，他或許就會說出來。但這實在是太奇怪了。

「至少，我想結婚的心情，已經高到跟鯉魚旗一樣了呢。」

「什麼鯉魚旗啊?!」玲子笑了出來。這是她今天展露的第一個笑容，不是硬擠出來的假笑，而是真正的笑容。

玲子是我非常重要的人，我希望能獲得老爸和老媽的認同，並給予我們祝福。但如果玲子不能維持她自己的樣子，那也是絕對不行的。

「哎呀。」玲子笑著在路邊坐下，我也坐在她身旁說道：「這樣衣服會髒掉喔。」玲子低頭看了看自己那身白色的洋裝。

「沒關係啦，這種衣服我根本就不喜歡，大概也不會再穿了。」

玲子抬頭看著天空。

「嗯，我想也是。」

其實這種輕飄飄的衣服一點都不適合玲子。

「但是剛才被你扛起來的時候我真的嚇了一跳，還以為你要把我從窗戶丟出去了呢。」

「怎麼可能！」

「畢竟你的怪力真是大到有點浪費。」

「我才沒有咧！」我也有點鬧起彆扭。這才想起，以前在玲子那裡，她曾拜託我幫忙打開一個瓶蓋，想說這種時間就該展現出我帥氣的一面，結果太用力，整個瓶子都被我擰破了，還被臭罵一頓。

「我才不會把玲子丟出去呢！」

聽我這麼說，玲子卻搖搖頭。

「我知道，我開玩笑的啦。」

「如果真要把玲子丟出去，我會抱著妳一起跳下去。」

不管從多高的地方跳下去都沒問題，我一定會漂亮著地給妳看。以前我曾努力想要成為忍者，除了力氣超大之外，體能也是很強的……

我轉過頭去，正好和她對上眼。我心想，玲子的表情看來還是有些不安，如果跟她說一些忍者修行之類的東西，她會不會願意為我笑一下呢？雖然我沒有自信能說得好又有趣，但還是清了清喉嚨，開口說道。

那個孩子不摘花

一開始是小花束，之後是巧克力，都裝在紙袋裡直接掛在公寓大門的把手上。而今天是用粉紅色的包裝紙包起來的扁平盒子，拿起來感覺很輕，不知道裡面是什麼。在我睡著的時候有人來到屋子前，悄悄留下禮物，這已經是第三次了。

上班時間快到了，我稍微遲疑了一下，還是把東西放進公事包裡。到車站八分鐘，搭電車七分鐘，接著再走四分鐘就會抵達公司。四十多歲的時候離婚，離家後和朋友一起成立的這家小公司，現在可以說是我的一切，至今也快要創立十週年了。

早上九點的電車還是有些擁擠，但至少乘客之間還能有些縫隙。如果是東京或大阪之類的城市，搭個電車可能就會像超市那種一個袋子裝到滿的特賣蔬菜，被塞得滿滿的吧。

即使如此，離開了度過人生大部分時間的肘差村，剛移居到這裡的時候，我還是感到處處驚奇。雖然只是隔壁縣的城鎮，但這裡在九州畢竟也算是座都市，對當時的我來說，已彷彿移動到了天邊。

我認識的人就只有千夜子小姐而已，她向別人介紹我的時候，老說我是

「Partner」，畢竟我們是共同經營者。但這個稱呼聽起來總有些不對勁，但沒多久我也習慣了，因為至少她沒叫我「Body」就已經不錯了。

公司的辦公室位在綜合大樓二樓的最裡邊，我打開了貼著「株式會社貝爾」牌子的灰色大門，千夜子小姐已經到了。

「哎呀，早啊。」

她正用吸管喝著裝在透明塑膠杯中的綠色混濁神秘液體。

「那是什麼？好喝嗎？」

「很難喝啦。」她皺著臉將杯子放在桌上，那好像是在車站前新開的果汁店買的。她是那種一旦發現什麼新東西，不會敬而遠之、也不會興趣缺缺的人，她總是會先試試看，再決定是討厭還是喜歡。

她雖然皺著臉卻還是繼續喝，那頭俐落的短髮略微飄直站起。她今天身上這件紅黃色幾何圖樣的華麗洋裝我印象沒看過，她說是新買的。「很好看呢。」聽我這麼稱讚，她微笑著說謝謝，還不忘回頭誇獎我說：「廣海小姐那條淺藍色的絲巾也很適合妳呢。」

我打開包包拿出早上那個紙袋，掀開盒子一看，原來是綜合茶包組，畫有草莓、檸檬之類的小袋子整齊地排列在盒子裡。
「哎呀，又是那個嗎？」千夜子小姐看著我手上的盒子說。
「是啊。」我點點頭。上星期剛開始的時候，有個裝了小花束的紙袋掛在我公寓大門的把手上；幾天後出現的是巧克力。我和千夜子小姐討論了一下「誰會做這種事」，卻都沒有答案。
「會不會是廣海小姐的粉絲呢？」
粉絲——她說出這個字時的腔調像在唱歌，接著又一臉正經地說：「但還是不要吃比較好。」她認為，畢竟被不知名的人士掌握了自己的住所，而且明明知道有人在家也不按門鈴，只把禮物放在門口就走了，裡面放了什麼也沒人知道，這種感覺真的很詭異。
「是啊。」
我坦然地這麼回答，但心裡卻想著：放禮物的人會不會是他呢？翼——我的兒子。我離婚時他才二十一歲，最近一次見面也是一年多前的事了。
只要能讓女性變美麗的東西，我和千夜子小姐什麼都賣。我們公司在綜合大樓的一樓設有店面，店名是用英文標示的「Bell」。

當初設立公司時只賣衣服，第二年開始也做起了化妝品和珠寶的生意，我們所謂的「女性」，在這裡指的並非年輕的女性。

我不是很喜歡「逆齡」這個詞彙——忽然想起幾個月前，我接受免費報紙的訪談時也是這樣回答的。

「年齡增長的女性難道就不美了嗎？我不這麼認為。不管是多了皺紋、髮絲不再細緻柔軟，都是我們一路活過來的印證，我不想否定這些東西。有一些打扮是只有年齡增長的女性才能展現的風格，因此我們提出的建議，並不是要讓每個人都『看起來很年輕』，而是要讓『這個人呈現出此刻最美麗的樣貌』。」

雖然採訪方只是在耳中市周邊發送的免費報紙，甚至在對方提出邀訪的請求時，我根本也沒聽說過他們，但迴響倒是挺不錯的。後來還有一位八十四歲的女性拿著那篇剪報來找我們，真是有點令人高興呢。我一邊收拾辦公桌上的文件，一邊回想這段經過。

她花了不少時間在店裡好好逛了一遍，還挑了件淺橘色的開襟外套，她說：「曾孫出生了，說要找我一起去參拜那孩子的滿月神社。哎呀，我老伴的腳不行了，說他不太想去，但叫我自己去又覺得有些提不起勁，所以我想說，不然試穿一下這件衣服，還是跟去看看吧。」她撫摸外套的手指相當纖細。

她還一臉欽羨地看著化妝品的架子說：「我已經好幾年沒在化妝了。」不過當我幫她上完腮紅，請她照一下店裡的鏡子，她的表情忽然就變得非常開朗。化妝不是為了裝年輕，也不是為了給異性欣賞，而是要讓自己的心情保持開朗。

「怎麼啦，笑得這麼開心？」

千夜子小姐問我。她終於放棄了那杯綠色濃稠液體，改喝起咖啡。我似乎在不知不覺間露出了笑容。

「想起一點事情而已啦。」

「是有那麼開心嗎？」

「也還好啦。」

我們邊聊邊往一樓走去。金色鑲邊的大鏡子、深紅色的沙發、五彩繽紛的襯衫與裙子、陳列在架上的鞋子、玻璃櫃裡的珍珠和蛋白石，這間店就是我們的珠寶盒。

千夜子小姐從大樓的郵箱裡取出寄來的郵件，開始分類一般信件與重要文件。

「明天稅務士會來，千夜子小姐妳也要在這裡一起聽喔。」

這幾年的運氣還不錯，一直都有賺錢，所以得開始思考節稅的策略。當我還是個家庭主婦時，從沒想過自己能做這些事，「妳根本無法獨自生存，更不要說做生意了」，周遭的人都這麼告訴我。離婚的時候也有很多人罵我，丈夫的親戚們更是想方設法地阻止我，丈夫的妹妹還寫信來抱怨說，「妳竟然這麼輕易就把丈夫和孩子拋棄了，妳也太冷酷無情了吧！」開什麼玩笑！我真想回信告訴她：在我拋棄丈夫之前，早就被丈夫拋棄了。

丈夫大我近二十歲，我們是相親結婚的。這是父親說的親，他說對方也住肘差村，這個男人相當真誠，但因為個性太過認真，所以沒什麼女人緣。

照片旁邊寫著一個名字：時田正雄。七三分的頭髮給人相當古板的感覺，就算看著他抿緊嘴唇的表情，我也沒有任何興趣，實在一點感覺都沒有。

父親說他是個公務員，不賭博，但會喝酒，不過那只是男人的一點小興趣罷了。我當時聽了也沒有多心，畢竟我從小就被教導說：要找一個認真並有穩定收入的男人，好好養育他的孩子，這就是女人的幸福。除此之外就再也沒人跟我說過，還有「其他方式可以獲得幸福」，就算有人告訴過我，當時的我恐怕也無法理解吧。經歷一場轟轟烈烈的愛情然後結婚，這對當時的我來說根本就是童話故事。

丈夫是個器量狹小的人，所以才會拚命喝酒，愛鬼吼鬼叫。當然啦，只要把他想作「會叫的狗不咬人」的話，也還算是可愛啦。

我第一次想要離開這個村子，是在婆婆過世的時候。許多年前，公公早在我們結婚沒多久就先走了。公公的葬禮有許多人來送行，到了婆婆的時候大概不到一半，那場葬禮就連獻花都有些陰暗而寂寞。

「這是一定的吧？畢竟是女人啊。」丈夫是這麼說的。畢竟是女人。這種話其實在我還是小孩子的時候就已經聽別人說過無數次，但不知為何，從那時開始我就一直掛在心上。畢竟是女人。畢竟是女人。那又怎樣？

那場葬禮真的是亂七八糟，守靈時要招待客人餐點和酒水，我依照喪主丈夫的指示下訂單、安排送貨，但不知為何竟送來了兩倍數量的東西，就算這樣酒還是不夠喝。親戚們抱怨連連，丈夫的妹妹氣到像是頭頂冒煙，她指責我丈夫的聲音大到連在廚房洗東西的我都聽得到。

「那是廣海訂的。」

丈夫是這樣回答的。

「真是沒用的媳婦！」

丈夫的妹妹憤怒地喊著，丈夫一句話也沒說。應該也沒辦法回答吧，想必他根本就沒在聽。

就只是這樣而已，但我當時心裡想的是：丈夫已經完全把我切割掉了。連自己的結婚對象都不挺自己，這讓人多麼不安啊。

但丈夫的確如父親說的，是個相當誠實的人，完全不會跟異性偷來暗去，一領到薪水就全部交給我，只會拿少少的「零用錢」偶爾買書來看。他老是跟兒子說要「鍛鍊身體、鍛鍊精神」，打開電視若看到搞笑節目、綜藝節目或是卡通，就會說「太低俗了」，不准他看。其實也不為什麼，只是因為他自己想看新聞、相撲或棒球，所以想獨占電視罷了。

翼上小學以後，我就開始到外面工作，總是一邊存錢一邊想說：「要是有那麼一天，我能離開這裡就好了。」總有一天。但我心裡知道「根本不可能」，畢竟那等於是拋棄家人。

我再次見到千夜子小姐是在國中的同學會上，翼那時已經上高中，我清楚記得丈夫一臉嫌棄地說什麼，「兒子都要考試了，妳竟然還想悠悠哉哉地出門？」

會場上的千夜子小姐無比耀眼，她的頭髮和現在一樣短短的，身上的洋裝顏色及花樣都相當大膽，在場內宛如一隻花蝴蝶般飛來轉去，笑得很開心。她在二十幾歲結婚，三十歲過後就離了婚，然後一直單身到現在。我在離她有點遠的地方，聽她說什麼擁有美容師的資格，生活還過得去等等。千夜子小姐看見我之後，便向我招了招手。

「廣海小姐，好久不見了。」

不知為何，我們從國中的時候就互稱小姐，明明那時的感情還不錯，但這卻是我們畢業以後久違的重逢。

「千夜子小姐似乎過得很好呢。」

在那個會場裡，只有千夜子小姐一個人散發著光芒。包括我在內，所有當年的女孩們現在都變得沉重又混濁，就只有千夜子不一樣。她真的非常明媚動人。

千夜子小姐盯著我洋裝胸口上的布花，問我：「這是手工做的嗎？」

這是丈夫在職場上拿到的情人節巧克力，我用包裝盒上的緞帶，以及一些碎布做的東西，雖然覺得自己做得還可以，但在有如一朵豔麗鮮花的千夜子小姐面前，這東西實在顯得寒酸。

「是啊，不過我還是拿下來好了。」

「為什麼？」

她喃喃說著「這個淺色調很漂亮呢」，輕輕按住我正打算取下別針的手。

「廣海小姐的品味真的很好，從以前就是這樣，我可是記得一清二楚唷。」

千夜子小姐笑著說道。

她邀我一起做生意是在同學會幾個月後的事。

工作結束後回到公寓，這裡的格局是一廳一房附設乾濕分離的衛浴，但沒有洗手臺，所以我得在流理臺刷牙洗臉。雖然千夜子小姐總笑我這個「老闆」居然住在這種地方，但她的住處也差不多。不同的是服裝的數量。千夜子小姐的衣服完全滿出了衣櫃，而且還會不斷繁殖增生。甚至可以說，整間房屋都是她的衣櫃，她就蜷縮在裡面生活。

千夜子小姐問我要不要一起做生意時，我遲疑地說著：「但我老公⋯⋯」沒想到她竟毫不遲疑且無比開朗地回說：「離婚就好啦，不是嗎？」我聽完立刻愣住，她還笑說：「人生會變得非常輕鬆喔。」

雖然我不是因為她這樣說才決定離婚的，但那時真心覺得自己鬆了一大口氣。因為我原先一直覺得，離婚是對丈夫與兒子最嚴重的背叛。但對千夜子小姐而言，離婚不過只是讓人「變輕鬆」的事而已。

洗完手，我從冰箱取出琺瑯的容器，再將裡面的東西放進小盤子裡，是我先前做的涼拌小黃瓜、紅蘿蔔和洋蔥。濕答答的六月讓人食慾盡失，所以晚餐總想吃些清爽的東西就好，另再配上白飯、茄子味噌湯和涼拌豆腐就夠了。我在狹窄的廚房裡把這些東西移到托盤上，再拿到小茶几那裡。雙手合十之後拿起筷子，正坐後挺直背脊便吃了起來。要是放任自己隨便成習慣，肯定會變得越來越邋遢，我可不是那種過著邋遢生活，還能培養出強韌精神的人類。

「廣海小姐最近不太笑呢。」忽然想起前陣子千夜子小姐對我說的話。我的臉有那麼緊繃嗎？忍不住按了按臉頰。千夜子小姐忍不住笑了出來。

「不是那樣啦。人沒必要隨時都在笑啊，那也太不自然了。妳以前總是壓抑著各種心情，臉上努力保持著微笑，但現在卻不那麼常笑了，我想應該這是妳獲得自由的證明吧？」千夜子是這麼說的。

我看了看放在櫃子上的包包，紅茶的盒子探出頭來。後天店裡公休，在那之前打個電話給翼好了。

那孩子從以前就常送我禮物，像是用摺紙做的手鐲、掉在路邊的仿珍珠鈕釦，以及親戚送他的裝外國巧克力的漂亮罐子。

有一次他還用學校的黃色帽子裝滿了櫻花花瓣，那時他才一年級，還是個身體好小的孩子，從後面看著他，簡直就跟書包在走路沒兩樣。

「你撿的那些掉落的花瓣，是要給我的嗎？」

他紅著臉點點頭，低垂的睫毛顫抖著，還以為他要哭出來了，但真的只是睫毛在顫抖。「如果他是個女孩子就好了」、「真是太可惜了」，總是有人這樣形容兒子的面貌，但不知道是不是因為這樣，他甚至比其他的女孩要來得更愛哭。

「因為折斷樹枝的話，它就會很可憐啊。」

不只是櫻花，就連幸運草或紅花草等等，那孩子都很討厭把它們摘下來。他搖著頭說：「馬上就會變得軟綿綿，死掉了，不行啦。」

翼——我放下筷子，在心裡喊著兒子的名字。真的是這樣嗎？那些被摘下來的花真的很可憐嗎？

晚餐後我總會來到陽臺上，這個陽臺非常狹窄，寬度大概只有五十公分，連要晾個衣服都很困難，不過還是能看見月亮。

泡杯熱焙茶，我關上房間的燈，呆呆地靠在陽臺的扶手上。隔壁房間傳來了玻璃門被拉開及踩著拖鞋的聲音。

「咦？您好。」

「晚安。」隔壁房間的住戶露出臉向我打招呼，是不久前剛搬來的女子。她大概三十幾歲或剛過三十左右吧，是個美人胚子，搬來的時候還來打過招呼，現在已經沒什麼人會這麼做了。手裡還拿著一包包裝得很可愛的衛生紙。

「妳剛回來嗎？辛苦了。」

「謝謝您。」鄰居低下頭，笑了笑。

「這樣感覺很好呢，回來有人會這樣對自己打招呼。」

鄰居確認著風向，點起手上的菸，深深吸進一口後又吐出煙霧，問道：「妳一個人住嗎？」

我忍不住苦笑著說：「這裡若住超過兩個人真的有點擠呢。」

「哎呀，說的也是。」鄰居也笑了出來。她看著我又問：「一直都是這樣嗎？」她是指我一直獨居的意思嗎？

「本來有丈夫和孩子，但離婚後就離開家了。」

雖然覺得在陽臺跟別人大方地聊這麼隱私的事情，對方聽了恐怕也有點尷尬，但畢竟也沒有什麼好隱瞞的。鄰居似乎不覺得特別尷尬，點點頭又繼續抽她的菸。

「我也是選擇了離開。不過我們沒有結婚，只是同居而已。發生了一些事，所以就分開了。」

「慢慢就走到了這一步。」

原來如此，這次換我點點頭，每個人都有自己的問題呢。鄰居抬起頭喃喃地說著：「月色真美呢。」似乎不打算說更多自己的事，也沒有特別想知道我的事。「是啊。」我也抬頭看向天空。浮在天上的弦月閃爍著光芒，那俐落的身影彷彿將一切事物都切割得乾乾淨淨。

星期三的公休日我通常會去洗車，雖然明天好像會下雨，但我還是用海綿仔細刷洗著車子。

這臺開了十幾年的深藍色車子，雖然偶爾會出點小毛病，但我還不想把它處理掉。因為每當我握住這臺車的方向盤，就會忍不住想說：「我可以去任何地方！」雖然也沒有要去哪裡，但光是這樣想就覺得很開心。

猛然想起，我忘了打電話給兒子。

車裡的油還夠，我看著油表心想：「走一趟吧？去看看我兒子。」我想問問他：「先前在我屋外放了花、巧克力和紅茶的人，就是你吧？」雖然也可以打電話或是寄 email，但已經一年多沒有見到他了，還是想見見面。

好，就這麼決定了！我轉動鑰匙，緩緩鬆開了手煞車。

翼還待在那個被我拋棄的肘差家中，和他的父親住在一起，也就是被我拋棄的那個人。他雖然已經三十二歲了，但還沒結婚，不知道是不是受到父母離婚的影響。就算我問他，大概也會馬上閃躲掉的吧。

因為鄉鎮合併，肘差村現在改名為耳中市肘差。在決定鄉鎮合併的那一年，我跟丈夫說我要離婚。雖然在鄉鎮合併之前我就打算這麼做了，但當時我嘴裡說出的卻是，「鄉鎮都合併了，我也想知道自己還有沒有什麼可能」這種莫名其妙的話。若真要問我離婚的理由，總覺得無論說得再多，都無法如實表達出我的感受。

丈夫很容易怒吼，人又偏執，不過倒也沒有到令人可恨的地步。但若我告訴他：「並不是因為討厭你了。」得到的回覆一定是：「那到底為什麼？」如果問我是否討厭肘差，確實心裡是滿討厭的。這個村子到處都有愛說八卦的人；只要沒在這裡住超過三代就被認為是「外人」……但我也沒有那麼樂觀，以為只要出了肘差，就能打開美好世界的大門。但就算是這樣……

「但就算是這樣……」見我支吾其詞，丈夫轉過身去怒吼著：「隨便妳！要去哪裡都隨便妳！」

之後我就再也沒有見過丈夫了，偶爾還會跟兒子見面，但通常都會相隔一年。兒子絕對不會說想見我，但我去見他的話，他也不會拒絕。

翼在農協的互助課上班，我將車子停在耳中市農協的停車場，看看手錶，剛過十二點沒多久，想著現在是不是午休時間的我，走進了農協的建築物。可能是為了省電吧，裡面十分陰暗。那不知是畜產還是農業什麼東西的海報非常顯眼，哎呀，這裡會看到這種東西也是正常的吧。

天花板上垂吊著一個互助會的牌子，我往那個窗口走去，一位戴眼鏡的女性坐著朝我點點頭。「您好。」她說話的聲音非常細小，我快速瞄了一眼她的名牌——平野。我問她：「時田翼先生在嗎？」

「時田目前午休中。」一如預期的答案。「要幫您叫他嗎？」平野小姐作勢要拿起電話話筒。

「啊，時田應該在後面啦。」

不知何時來到平野身後的青年以宏亮的聲音說著，平野小姐嚇得縮了縮肩膀。那位青年似乎沒發現平野小姐錯愕的樣子，笑咪咪地看著我。

「後面有個公園，我想他應該正在那裡吃午餐。明明二樓有休息室啊，真是個怪人呢。」

連不需要說出口的事都告訴我，這個青年名叫「飯盛」。我立刻確認了方位，以笑臉點頭回應。

「謝謝你，我過去看看。」

農協的建築物老舊又巨大，灰色的外牆到處都黑黑髒髒的。我忍不住想著，為什麼要在這種地方上班呢？當初推薦翼去讀外縣市的大學，就是覺得他去外面的廣大世界闖盪會比較好，但翼似乎不這麼想。

我馬上就找到了飯盛先生說的公園，就在農協正後方，面積非常小。裡頭有山洞型的遊樂器材、鞦韆和溜滑梯，長椅上有個穿著白襯衫的單薄背影。

我沒有馬上開口喊他，因為他的旁邊還坐著一名女性。

我躲到公園入口的櫻花樹後面看著他們兩人，那名女性有一頭染成棕色的長髮，看起來不是農協的員工。畢竟她身上穿的不是剛才那位平野小姐穿的深藍色制服，而是一件像芭比娃娃會穿的深粉紅色T恤。

他們之間放了一個巨大的便當盒，翼拿在手上的黑色物體，應該是飯糰吧？

「你覺得飯糰裡面包的是什麼？」

沒想到她的聲音還挺高的，我正好看見了她的側臉。與其說是女性，更像是個女孩，因為她看起來非常年輕，年齡大概只有二十出頭。

「應該是鮭魚吧，我還沒吃到餡，但隱約看得到。」

翼回答著。

「那就算中獎了。」

女孩笑到全身顫抖，看起來很高興。

「有中獎，就表示也有地雷嗎？」

翼開口問道。我伸長了脖子努力看向便當盒，但實在是看不清楚，整體的感覺都是黑色的，應該全部裝滿了飯糰吧。

「嗯，因為是俄羅斯飯糰啊。裡面只有一個包的東西不一樣，是紅蘿蔔絲炒蛋，算是地雷。」

「我覺得紅蘿蔔絲炒蛋也很好吃啊，也不算地雷吧？」

女孩開始從各種角度觀察起了便當盒，還一邊說著：「我就不喜歡吃紅蘿蔔嘛。」

「如果選到紅蘿蔔，我可以幫妳吃，妳就放心選啊。」

聽到翼這麼說，女孩驚訝地抬起頭。

「不行啦，這是小柳家的規矩。」

她一臉認真地說明：「我家的固定菜單不是『俄羅斯輪盤』而是『俄羅斯飯糰』，自己選的飯糰一定要自己吃掉才行，這是不可撼動的規則。」

「小柳家感覺很歡樂呢。」聽到翼這麼說，那個應該是叫小柳的女孩害羞地「嘿嘿」笑了出來。

畢竟我也不可能一直在這裡偷看，所以我就從樹蔭下走了出去，並喚了聲「翼」。兒子回過頭來，表情有些驚訝，愣愣地回了我一句「媽」。

「咦！媽媽？」

但「小柳小姐」感覺比他更驚訝。

「想說不知道你過得好不好，就跑來看看你。」

「這樣啊，」翼點點頭。「那就坐下吧。」他說著就把旁邊的便當移到自己腿上。

「小柳小姐抱歉，妳可以過去一點嗎？」

「啊，好的。」小柳小姐挪動著自己的屁股。

「初次見面，我是翼的母親。」

終於能從正面拜見小柳小姐的面容。「我是小柳。」她自我介紹完就用大大的眼睛回望著我。

翼說小柳小姐在農協附近的家庭餐廳工作，最近剛開張，今天是下午的班，所以聯絡他說上班前可以一起吃午餐。他答應了，小柳小姐就帶了飯糰過來，因此他們現在才會在一起。說得這麼詳細，實在是有點不自然。

「哎呀，這樣啊。」

我回答完後又是一陣沉默。

「……那個，我差不多該走了。」

小柳小姐站起身來。「咦，那俄羅斯飯糰怎麼辦？」聽翼這麼說，她揮了揮手，「阿翼全部吃掉吧。」翼一臉認真地回答：「可是這麼多，我一個人應該沒辦法。」

翼這種地方倒是跟那個人挺像的，我的腦中浮現了前夫的臉孔。

「那我先走了。」

小柳小姐猛然低頭，馬上就跑走了，一會兒就不見蹤影。

「還真是敏捷呢。」

翼沒有回答我，他一邊吃著剩下的飯糰，一邊有點傻眼地喃喃說道：「……

媽總是會突然出現。」

「『要不要見個面？』、『這天如何？』……電話上還要討論個半天，時間不都浪費掉了嗎？」

聽我這樣回答，咀嚼著飯糰的翼微微地一笑。

「那個，最近我家門前會出現一些花或巧克力之類的禮物，是你拿來的吧？」

聽我這麼說，翼一臉狐疑地喃喃說著：「我不知道耶。」

「咦？是喔？」

「嗯，不是我放的。如果有東西要給妳，我會用寄的，或是親自送過去。」

聽他這麼說，我不禁點點頭，說的也是。

那麼，到底是誰做的呢？

翼遞出便當盒。

「妳還沒吃午餐的話要不要一起吃？很好吃喔。」

我默默搖了搖頭。

「……欸，話說剛才那位『小柳小姐』，應該不是你正在交往的對象吧？」

我想到她離開前喊的那聲「阿翼」，感覺叫得非常自然，一點都不覺得彆扭。

我正想著「但對方畢竟也太年輕了吧」，就看見翼輕輕地點了點頭。

「嗯。我們沒有在交往。怎麼說呢？……嗯，就像是朋友吧。」

我記得翼應該有「認真交往」的對象，他有讓我看過照片，雖然不是什麼大美女，但是給人感覺很不錯。

「你跟那個人怎麼樣啦？」聽我這麼說，翼挑了挑眉毛。

「那都多少年前的事了。」

看來已經分手很久了。

「為什麼？我還以為你們會結婚呢。」

為什麼會分手啊？為什麼啦？……我不斷這樣逼問著兒子，他卻猛然吃起了飯糰，感覺像要含糊帶過。

「沒有為什麼，隨便啦。」

「你說什麼傻話，這一點都不能隨便啊。」我搖著頭，內心想著：問題該不會出在那個人身上吧？

「是因為你爸嗎？你該不會是覺得，不能放他一個人自己離開家吧？還是你想跟父親住在一起，但對方不同意？一定是的，絕對是這樣。最近的年輕女性都很討厭跟公婆一起住啊。

翼真是傻瓜，你根本不用在意這種事。」

「就說不是了。」

「我說啊，你不用覺得孩子一定要照顧父母。雖然他什麼事都不會做，但等到只剩他一個人的時候，自然會有辦法的啦。哦不，他肯定要自己想辦法。翼，你不需要一個人背負一切。」

我正想脫口說出「你可以逃走啊」，卻又馬上閉嘴，因為翼正抿緊了嘴唇看著我。

「七種。」

翼冷靜說著。「七種。」他又說了一次，然後垂下眼簾。

「爸正在吃的藥，有七種。分成每餐飯後、每餐之間，還有睡前。他老是忘記吃藥，實在很難管理。」

他還說，每週六還要去醫院回診，也不能讓他自己開車，因為很危險。

「媽，」翼抬起臉，「『你可以逃走』這種話請不要再說了。」

「……說的也是。早就丟下那個人逃走的我，有什麼資格輕鬆地說出這種話呢。」

低下頭，我看見翼放在長椅上的手非常纖細，卻明顯比我大上許多。那個有著女孩般的面孔、那個曾經的愛哭鬼、那個用學校帽子裝滿花瓣遞給我的孩子，早就已經不見了。我被迫發現了這件事。

「媽，我不是在責怪妳。」

翼用力地搖搖頭。

「我也不是要表達什麼，原本該是妳的責任，現在變成了我的責任。或許媽覺得自己逃走了，丟下了這個家，但並不是這樣。畢竟爸也接受了想要離婚的妳……這道理是一樣的……一樣的意思。要不要住在那個家是我每天的選擇，也是我的決定。是我自己的意願。人其實沒有辦法拋棄另一個人的，人又不是垃圾，根本沒有什麼丟不丟的問題，妳那樣說真的是……妳不要再那樣講了啦。」

我低垂著的眼眸，輕聲說著「對不起」，幾乎聽不見自己的聲音。

我拋棄的城鎮和我拋棄的人，這種想法或許真的太過傲慢。

「不，其實我才要說對不起。」翼又清了清喉嚨接著說。

「我想說的大概是，我的日子並沒有過得像媽或外人想像的那麼悲慘。就算是三十二歲的兒子和七十八歲的父親同住在一起，也還是存在幸福的瞬間。妳不要擔心啦。」

「只有『瞬間』？馬上就結束了吧。」

我向他確認，翼又再次看著我。

「不管和誰，不管在哪裡，不都是這樣嗎？」

不管和誰，不管在哪裡。沒錯。

回家的路上我握著方向盤，腦海深處迴盪著兒子的聲音。要離開的時候，翼還說：「媽不必再回頭了，好好活下去就好。」他說不要再對過去抱有什麼罪惡感，重視自己的選擇，好好地活下去才對，這樣絕對比較好。

我覺得這樣的告別近乎是一刀兩斷。

翼後來又提到他的朋友大概要結婚了，話題來得太突然，他大概想轉換一下氣氛吧。他的朋友名叫「鐵腕」，是個聲音宏亮、活力十足的男孩，我記得很清楚。翼說鐵腕的爸媽原先是反對的，不知為何，鐵腕的母親忽然告訴他：「別管你爸了，就去結你的婚吧。」他說這些事的時候我有點渾渾噩噩，沒有認真在聽。

途中我將車子停在付費服務區，到販賣機買了冰綠茶，靠在車子上大口喝著。水泥地的裂縫中開出了蒲公英，我伸手摘了下來。我又丟了一百圓硬幣到販賣機裡，買了一罐小小的寶特瓶水，我將水倒掉一半，把蒲公英插了進去。我將花放在車子的飲料架上，再次開動了車子。

摘下來的花會比沒摘下來的花更快枯死，所以翼從不摘花。可是我會摘花，就算生命會縮短，但被摘下來的花雖然離開了綻放的場所，卻能前往其他地方，欣賞到不同的景色。

返回公寓之前，我撥了通電話給千夜子小姐。總覺得今天不想自己一個人在家裡度過，此時我能撥電話的對象，就只有千夜子小姐。

千夜子小姐馬上就接起了電話，她身後是嘈雜的人群聲。「我在外面啦！」她大聲回應。

「正在喝酒。」
「這種時間？」我忍不住看了看手錶，太陽都還沒下山耶。
「又沒關係，廣海小姐也過來嘛。」
「我開車不能喝酒，不行啦。」聽我說完後她想了一下，「那我去妳的公寓那邊，這樣總行了吧？」或許千夜子小姐也有不想獨自一人的時候。
我前往千夜子小姐指定的車站圓環接她，千夜子小姐手上提著百貨公司的紙袋。
「等妳的時候買的。」
千夜子小姐鑽進車裡的同時說著，「紅酒、起司，還有稻荷壽司。」
「只有最後一個是日式的東西呢。」
我看著她把安全帶繫好後才發動車子。
「畢竟我喜歡嘛。」
千夜子小姐的意見總是非常明確——喜歡不喜歡、想做不想做。千夜子小姐最討厭聽到「大家都這麼說」、「以常識來看」這種話。對這樣的她來說，肘差想必是個非常綁手綁腳的地方。

看到那棟木造公寓，千夜子小姐喃喃說著：

「還是住在這麼樸素的地方啊，真不像是老闆會住的地方。」

「雖說是老闆，但也只是個小公司啊，沒問題的。」我邊說邊把車子停進停車場。「真不好意思，只是間小公司。」千夜子小姐笑了出來。開張的時候幾乎所有資金都是千夜子小姐負擔的，想公司名字、準備開店事宜、辦理公司登記這些全都是千夜子小姐奔走處理的，但不知為何，千夜子小姐竟然問我要不要當老闆，然後笑著說她覺得這樣比較好。

「像廣海小姐這樣氣質柔和的人當負責人，給人的印象比較好，比我這種自我中心強悍的人適合多了。」

千夜子小姐邊回想邊繼續說：「而且不只是氣質，妳的名字也很棒呢。廣闊的海洋，格局超大，感覺就很像經營者。」她拉開了安全帶。

「千夜之子，也給人格局也很大的感覺啊。」

「是這樣嗎？」

「對啊。」

我們邊說邊走上了公寓階梯，此時我差點大叫出聲，因為我家的門前有人。

是個男的，他蹲下來，正打算把紙袋掛到把手上。我忍不住抓住千夜子小姐的手腕。

「……認識的人？」

她小聲發問，我搖了搖頭。

「你在那裡做什麼！」

千夜子小姐尖銳地喊了一聲，和完全呆住的我大不相同。男人一臉錯愕地站起身，看了看紙袋又看了看我們，揮揮手說他不是可疑人士。

是個年輕男子，不，說他年輕也有點不對。我在腦中修正自己的思考，他應該年過三十了，所以在我們眼中才覺得他年輕。雖然我努力觀察著他的面孔，但真的不是認識的人。他的五官沒有什麼特徵，擦身而過大概五秒就會忘了這個人；服裝也沒有什麼特徵；身高不算高也沒有特別矮。為什麼這個幾乎沒有特徵的男子，要一直放禮物在我門前呢？太可疑了。為了隨時準備報警，我在包包裡摸索著手機。

「不是的，這個……不是什麼奇怪的東西，只是、只是泡澡劑而已。」

男人打開了紙袋，「妳們看。」他刻意壓低聲音，可能是怕公寓其他住戶聽見我們的對話。他感覺有些焦躁，頭上浮現不少汗水。

「我不是問裡面裝的是什麼，我是問你為什麼要把東西放在這裡?!」

「咦，為什麼妳有資格這樣跟我說話啊。」

男人似乎有些不服氣。

「我、我只是想取得這間住戶的原諒罷了。」

「原諒？」我再次認真看著這男人。一邊想著我真的不認識這個人啊，但腦中忽然靈光一現。「你該不會是……」我有些畏縮地開口。

「『慢慢就走到了這一步』那個人？」

男人的名字好像叫田鍋，不是田邊……他在空中比劃著「邊」這個字。「是壽喜鍋的鍋[5]。」他一臉認真地說明。「我真的不是什麼可疑人士。」他還遞出了名片，上面寫的是一間家電商的名字。

「站在這裡也不好說話。」話雖如此，也不是很想請田鍋進到我屋子裡，所以我們一起走到附近的公園。「要喝紅酒嗎？」千夜子小姐開口問道，但田鍋用力搖搖頭，在販賣機買了茶。

「我跟她一起住了大概兩年，但後來變得比較常吵架。」

田鍋搔了搔頭。千夜子小姐一邊拍死停在自己手上的蚊子，一邊隨口回說：

「這種事情很常見的啦。」

「她說了什麼『慢慢就走到了這一步』，也沒告訴我要去哪裡就走了。這樣很過分耶！就算我打電話給她，她也只說『嗯，在哪裡呢？』就含糊帶過。」

「那你怎麼知道她住在這裡？」

「就……問了我們的共通好友啊。」田鍋支支吾吾。應該是偷偷跟蹤才找到這裡的吧，我再次將手伸向包裡的手機。

「所以你為了討好她，就放禮物在那裡？」

「沒錯，都是她喜歡的東西。」田鍋呵呵笑著。

「你直接拿給她不就好了？不要放在房間外面，很詭異耶。」

「那個……可是……我很害怕啊。」

5 日文中「田邊」與「田鍋」兩個姓氏發音相同，而田邊比較常見。

「很害怕？」
「很害怕？」
千夜子小姐和我異口同聲。
「要是她不願意見我，我的打擊不是很大嗎？我想，她看到禮物的話，應該會主動聯絡我吧。」
田鍋說完還有些害羞地垂下眼睛。我原本握緊了包裡的手機，但現在手稍微放鬆了點。
「……現在的男人都這樣嗎？」
千夜子小姐小聲問我。我想，田鍋的年紀應該和翼差不多，但也不是有個同年紀的兒子，我就能說得出「現在的男人」都是什麼樣子。畢竟，我連兒子都不是很了解。
「可是，那個……你弄錯房間了耶。那是我的房間。」
聽到我這麼說，田鍋睜大了眼睛大喊：「咦咦！那她的房間在哪裡?!」
正當我要說出「在隔壁」時，又閉上了嘴。因為，我不知道鄰居是否希望田鍋知道她住在哪裡，我只好小心翼翼地回答：「這你得問她本人囉。」

「最早的那束花已經枯掉了，所以我已經丟了，不過巧克力和紅茶都還留著喔。要我拿來嗎？」

我正要起身，田鍋便搖著頭說：「不用了。」然後全身無力地垂下了頭。

「畢竟給您添了麻煩，就當作是我向您致歉，您請收下吧……我真的沒有放什麼奇怪的東西進去。」

他還這麼說呢。我看了看千夜子小姐，她用鼻子哼了聲：「天曉得。」丟臉、渾身無力……可能所有的感受全都混雜在一起，田鍋看著千夜子小姐的表情實在難以言喻。

「哎呀，如果你真的想挽回的話，就要直接跟她說啦。」

千夜子小姐「砰」地重重拍了田鍋的背。

「今後要是附近發生了什麼怪事，我會馬上報警抓你喔。」

我亮了亮名片這樣叮囑著他。就算是不太熟的鄰居，我也不能眼睜睜看著她受傷或遭遇險境。田鍋感覺相當受傷的樣子，還不斷重複說著：「我才不會做那種事情啦。」

「我下次再過來。」田鍋說完便離開了。「那我們回妳房間吧？」千夜子小姐起身。

進了房間，裡頭的暑熱迎面撲來。

「要開冷氣嗎？」

「不用啦，可以開窗嗎？」

千夜子小姐拉開了玻璃門，我們將桌子靠往陽臺那邊，把買來的東西一字排開，也把冰箱裡的涼拌蔬菜拿來裝盤。

天空還很亮，大概還要很久才能看到月亮。

我們沉默了好一會兒，就只是吃吃喝喝。如果每天都在一起，實在也沒有那麼多事情好說。或許也是因為，我們不用說太多話也不會覺得尷尬，所以才能在一起。

有時候我會想起以前的事情，像是如果我還留在肘差，現在會如何呢？總覺得我的內心總會堆積許多的不滿，但還是得要好好活下去。

我又想起之前來店裡的那位八十四歲、說自己曾孫出生的女性。她順利去滿月神社參拜了嗎？希望她能順利成行，並跟那個不是很想去的老公一起。她要的人生，跟我選擇的不一樣。

隔壁傳來「咖吵咖吵」的聲響，接著玻璃門好像被拉開了。看來是鄰居回來了，我也連忙走到陽臺上。

點起菸的鄰居看見我慌張地跑出來似乎嚇了一跳，「哇」的一聲後退了好幾步。

我把事情告訴她以後，她瞪大了眼睛，不知道是不是我多心，她看起來似乎又像是在笑。但說到弄錯房間還一直送禮物的事，她嘆了口氣。

「阿鍋真是個笨蛋。」

說了後她又一副「哎呀，說漏了嘴」的表情，看起來，她似乎是把田鍋叫作阿鍋。

我話剛說到一半，千夜子小姐也走了出來，並追問著：「為什麼分手了？欸，為什麼啊？」鄰居看似有些吃不消，但還是很有禮貌地回答：「怎麼說才好？我覺得跟那個人結婚，讓人感到有些不安。」

「同居之後，明明兩人都有工作，但做菜、打掃和洗衣全都是我要負責，跟他說了這件事情，他就說：『明白了，之後會幫忙。』」說明的過程，鄰居顯得有些激動，還「啪」的一聲拍響了陽臺的扶手。

「這樣很奇怪吧？一個人住的時候就會乖乖打掃房間，自己的毛巾和穿過的內褲也都會自己洗，現在居然說什麼『會幫忙』！為什麼變得好像是別人的工作啊?!」

鄰居還開始大肆抱怨不止如此，但重點主要都是「田鍋從頭到尾一副事不關己的態度」。

「哎呀，真是抱歉，我忍不住就……」

喋喋不休了好一會兒，鄰居才按住自己的嘴。靠在扶手上喝著紅酒的千夜子小姐頗有同感地點點頭：「哎呀，畢竟也累積了很多不滿。」

鄰居或許沒有什麼朋友，所以沒有人可以聽她說這種事。不過以鄰居現在的年紀，大家應該都在忙各自的家庭或工作，也可能只是沒有機會說吧。

「分手是對的啦，那種男人。」

千夜子小姐像在唱歌似地說著「做得對、做得對」，鄰居卻開始支支吾吾地包庇起田鍋：「咦，可是……他也有優點啦，他很溫柔啊。」

「但是妳若不開口，他連垃圾都不會去丟吧？」

「可是他會幫我捶肩膀啊。」

「但是他總一副事不關己的態度吧？」

「可是，那可能是因為我表達的方式不好。」

鄰居和千夜子的「但是……」、「可是……」持續了好一會兒，鄰居突然冒出了一句：「……我打個電話給他好了。」她低頭緊握著扶手，臉上的表情像在壓抑著害羞的心情。

「……我覺得那樣很好，妳就打給他吧。」

我說完後，為了不讓千夜子小姐繼續說下去，就把她推進了屋裡。

過了一會兒，隔壁的玻璃門關上了，不久也聽到大門打開又關上的聲音，我想她應該是外出了吧。

「一定是怕我們聽見她跟『阿鍋』說的話啦。」

千夜子小姐愉快地露出微笑。「他們之後會怎麼樣呢？」我喃喃自語，千夜子小姐歪著頭說：「不知道。」

「會用巧克力或紅茶這種東西來討好我的男人，一定會被我拒絕的。不過，哎呀，畢竟那個鄰居又不是我。」千夜子笑著說。之後我們又默默喝了好一會兒酒。

畢竟別人不是自己，所以我們能做的，就是找到自己能接受的事，選擇自己想走的路就好。這不是什麼真切的「祈求」，只是我心中一個模糊的念頭罷了。

沒有什麼地方能保證一生順遂。若是把出生到死亡的時間平均一下，無論選擇在哪裡綻放，好事或壞事的總量，或許都是相同的。

「對了，突然想到……」

千夜子小姐忽然開口，似乎是想到之前發現了一雙「不錯的鞋子」。

「那鞋子又柔軟，鞋跟又低，感覺很好走，還非常優美，中年女性絕對比年輕女孩更適合穿這雙鞋。」

千夜子小姐在「絕對」這兩個字加強了力道，她覺得肯定會大賣，所以想要進貨。

「另外我也想稍微改變一下店內的擺設，因為若要推出這雙鞋，目前店裡的感覺不是很對。」千夜子小姐剛說完，突然一臉狐疑地看著我說：「怎麼啦？」我忍不住用手摸了摸自己的臉，原來我不知不覺地笑了起來。

「我覺得妳真是無比爽快，一心只往前看的人呢。」

千夜子小姐歪著頭，「啊？」的一聲也笑了出來。
「才沒有那回事！」
「是嗎？那千夜子小姐也會想過去的事嗎？」聽到我這麼說，她雖是回覆：
「哎呀，當然會啊。」卻一臉不在乎地將稻荷壽司移到了盤子上。
「我傷害了很多人，也給很多人添了麻煩。但因為有過去的我，才會有現在的我。但反正都一定要傷腦筋，那與其不斷後悔當時如果那麼做就好了，還不如去想現在的我要怎麼做才能更開心。我是這樣想的啦。」
我似乎是聽到啞口無言的樣子，「哎呀，廣海小姐，妳的嘴巴開開呢。」她探看著我時才讓我回過神來。
「……我兒子也跟我說了一樣的話，就在今天。」
他說，不要再對過去抱有什麼罪惡感，重視自己的選擇，好好地活下去才對，這樣絕對比較好。
那並不是告別，而是翼送給我的禮物。送給「至今的我」及「往後的我」的禮物。
「哎呀，真是個好男人。」

千夜子小姐不是說「真是個好兒子」，真像她的風格。不愧是千夜子小姐。深受感動的我開始想著，明天上班要請她馬上給我看看那雙「絕對會大賣」的美麗鞋子，此刻的我也不禁開始興奮了起來。

不適合

國一的時候，有一次班上自習時間發了一張紙，上面寫著所有同學的名字，班導說：「在每個名字旁邊，寫下你平常對這個同學的看法。」對了還有，提交的時候班導沒叫我們寫上自己的名字。

我覺得就算是匿名，也不能寫別人的壞話，所以努力找出每個人的優點寫下來，甚至還加上具體的小故事，例如「曾經幫我撿過橡皮擦」，或是「手很漂亮」等等。

之後導師又找每個人去面談，讓我們看一張他自己整理的資料「旁人眼中的你」。輕薄的紙上寫滿了文字，右上角標記著我的名字：平野貴美惠。直到現在都過了三十歲，內容我還是記得清清楚楚——很乖巧、聲音很小、好陰沉、感覺好像背後ㄌㄧˊㄥ（看起來是不會寫「靈」這個字）、說不上可愛。

這麼做到底是為了什麼？將「旁人眼中的你」弄得這麼清晰可見，究竟是有什麼意義？我一邊看著眼前拿著叉子、捲動扁平義大利麵的亞衣，一邊回想著這件事。

「總之都在講壞話啦，都在說同事的壞話，真的是拚命講。」

大學畢業後我在耳中市農業協會任職，亞衣和我是同年被錄取的同事，但我們沒有被分發到同一個部門。她現在的單位是農協建築後方的餅揚分部，聽說那裡最有名的就是常會看到野豬，我則是在本部的互助課工作。其他同期進公司的女孩幾乎都離職了，大概都是因為結婚。

亞衣食慾旺盛地清空了盤內的麵條，還一直說著什麼，偶然看見分部前輩的社群帳號，看了以後發現對方都在寫職場同事的壞話，也包括她在內。

「那種東西，不要看比較好吧。」

我說完後，亞衣「啊？」了一聲將手放在耳邊回問。「不要看、比較、好啦。」我提高了音量，以免又被店內播放的音樂蓋過。當然我也知道自己平常聲音就很小，出社會後也會盡量注意這個問題，但若是自己太過放鬆，就不小心會開始用對方聽不見的音量說話。但有時又因為逼自己注意過了頭，結果一開口聲音就變得太尖銳。實在好痛苦。

「看了又能怎樣呢？」亞衣雖然說她是「偶然」發現前輩的社群帳號，但搞不好根本就是刻意去找的吧。以前我曾對亞衣說過自習課的事，她就說：「哎呀，雖然有點可怕，但還是很讓人在意啊，我會想要知道呢。」所以我想，她基本上應該是「想知道」的人吧。我一點都不想知道。我也不喜歡別人知道我對他們的看法。

亞衣將那位前輩稱為「D」。「D真的很討厭耶！哎呀，D怎麼不辭職啊？」大概就像這樣。會這樣叫他好像是怕若不小心被人聽見，也完全不會知道她說的是誰。那位前輩姓「重田」（shigeda），所以也不算是縮寫。亞衣的說法是，「因為那個人都會喝維他命D，想表現出『超努力』的樣子」，所以才會叫他「D」。

「對了貴美啊，有一件事要跟妳說。」

亞衣突然靜靜放下了叉子，明顯是要開始說什麼重要的大事，我心想「終於來了」。每次她邀我一起吃飯，通常都是要向我報告什麼事情，像是交了男朋友、他們要分手了等等，我早就有了心理準備，也知道她不可能一直說那位D的事情。

「我要結婚了。」

「咦？恭喜妳！」

果然沒錯，我早就有了心理準備，因此聲音不會一個不小心就變得太尖銳。

「謝謝妳。」亞衣微笑著回答。

「我還真不知道呢。」我喃喃說著，同時折起了影印機的上蓋，愣愣地望著機器規律吐出的會議資料。或許是還能感覺到昨晚的震撼，今天的我整體來說動作都非常緩慢。

雖然我知道亞衣有男朋友，卻不知道對方是怎樣的人，所以在得知對方的名字後相當驚訝。

「哎呀，一直沒能找時間跟貴美報告嘛。」亞衣相當刻意地搔了搔頭，還故意聳聳肩膀說：「其實我懷孕了。」

「咦?!」

看來我臉上的表情真的相當錯愕，亞衣似乎頗為滿意。

「我想妳若知道對方是誰的話，一定會更驚訝。給個提示，其實是妳每天都會見到的人。」她笑嘻嘻地這樣說。

「咦？咦！該不會是……時田先生？拜託、拜託，千萬不要是他。」

我用祈禱般的語氣說出這句話，亞衣笑了出來說：「叭叭——」還用兩手的食指比了個叉叉。

「是在叭叭什麼……」回想至此，我猛然趴在影印機上。這臺影印機放在樓梯下方的空間，是互助課裡看不見的死角，非常適合用來潛入自己的小世界。我覺得職場內有個像這樣的地方是相當重要的。

工作時總會遇到很多不合理的事，每當遇到這種事，我就會悄悄打開手機裡的相簿。我總會在這種時候，看看那些從網路上抓下來的熊貓或狗狗的可愛照片，努力取回心靈平衡。

「平野小姐？妳不舒服嗎？」

背後傳來喊我的聲音，我嚇得差點跳起來。時田先生走到我旁邊，探看著我的臉，還問說要不要換他幫忙印？但影印的文件不知何時早就已經停下來了。

「沒、沒關係，我沒事。」

我的聲音有些尖銳。

「是嗎？總覺得妳看起來好像很不舒服。」時田先生皺起眉頭，將影印好的會議資料收拾好，接著非常俐落地開始排列在影印機旁的工作檯上。

一張張分開，對齊邊角，用釘書機在左上角固定。時田先生做起事來相當迅速，我還在慢吞吞地抽出原稿，他已經釘好了十份資料。

「我來做就好。」

「沒關係，反正我很閒。」

在耳中市農協裡，負責影印、泡茶、在聚餐時斟酒，這些全是女性職員的工作，但時田先生通常會把自己的雜務做完，不會丟給別人。此外他也常把「我很閒」掛在嘴上，會來幫女性職員的忙。

他在職場內是個相當稀有的存在，但明明應該會很受人愛戴，不知為何有一部分老鳥女性員工似乎不太喜歡他，理由是他給人一種「不需要女人幫忙」的感覺，這點很不可愛。

「那我們走吧。」

時田先生單手拿著整疊資料，走向通往二樓的階梯。走在前往盡頭第三會議室的漫長走廊上，我忍不住盯著時田先生那件潔白無瑕的白襯衫，跟在他的後頭走去。我聽說三十二歲還單身的時田先生，是和他的父親住在一起。他每天都會自己燙衣服嗎？這看起來應該有燙過吧，這狀態很容易就能想像他使用熨斗時有多麼俐落。

為了節省冷氣費用，走廊的窗戶全部都是打開的，外頭的蟬鳴相當熱鬧。

忽然回頭的時田先生，嘴上雖然說著「真熱呢」，但他的樣子看起來實在不像是感覺有多熱。

我將每份資料排放在排列成「口」字型的長桌上的同時，也試著喊了聲「時田先生」，正準備拉出折疊椅的時田先生看了過來。

「……你認識餅揚分部的原田亞衣小姐嗎？她跟我是同一年進來的。」

「唔……臉跟名字大概還能對得起來吧。」時田先生回答。

「她好像要結婚了。然後她的、那個……對象是飯盛。」

「喔，這樣啊。」

時田先生不像昨晚的我那樣驚訝。「喔，飯盛要結婚了啊。」他百無聊賴地點點頭。

「現在這種情況，在飯盛本人來跟我說之前，我可能要假裝不知道比較好吧。不然很像在當事人背後流傳什麼事情，對方應該會不高興吧。」

看起來是因為體貼飯盛先生，但他這樣說感覺好像我是個愛說八卦的人，讓我有點難過。

飯盛、我和時田先生都是互助課的職員，年齡二十八歲。不過昨天我忍不住脫口說出「年紀比較小啊……」的時候，亞衣馬上嘟起嘴說：「又沒有差多少！」

因為時田先生的反應實在太過冷淡，所以對話也到此結束。正當我們默默在資料旁邊擺上瓶裝綠茶時，外面傳來「啪噠啪噠」的腳步聲，飯盛連門都沒有敲就跑了進來。

「啊，已經準備好了嗎？」

「剛準備好。」聽時田先生這麼說，飯盛將手貼在額頭上仰頭看向天花板，並用超級宏亮的聲音說著：「唔哇！你工作速度有夠快的啦！」接著又對著不久後也進到會議室的課長豎起大拇指說：「準備齊全！」彷彿所有的會議準備工作都是他做的一樣。

飯盛的聲音相當宏亮，該怎麼形容他才好？就是，他全身散發著一股氣息，顯現他因為做事頗得要領才能一路活到現在。我想他的本性並不壞，但就像「惡太郎糖[6]」一樣，他不管怎麼切都只會看到惡人的那一面，這樣的人格倒是很少

6 「惡太郎」是指邪惡的孩子或粗暴的人，「惡太郎糖」則是衍生自「金太郎糖」的譬喻。「金太郎糖」是一種長條形的日本傳統甜點，可切成一顆顆的糖果，每一個切面都有相同的圖案。

見。所以飯盛的本性不壞這件事情，對我來說並沒有太加分。

但老實說，我不太會應付他……而這種男人居然是亞衣選擇的生涯伴侶，這種驚愕感從昨晚到現在都沒有消失。

其他的與會人員三三兩兩地走了進來。「那麼我們開始吧。」課長說完後大家便各自就座。我的座位距離課長很遠，甚至比我還要晚進農協的飯盛的座位還遠，根本就是末座。畢竟我是女人，這裡就是這樣的職場。

但是坐在這裡，就能清楚地看著時田先生的臉。他的睫毛真長，鼻梁也很直挺，我想在耳中市農協裡發現這件事的人，大概只有我一個吧。

昨天晚上亞衣說：「欸，貴美啊，妳該不會喜歡時田先生吧？」還裝可愛地看著我笑。

「如果是真的，我可以幫忙啊？」

雖然不知道她要怎麼幫忙我，但亞衣搞錯了一件事：我絕對不是「喜歡」時田先生。

適合──對我來說，時田先生只是這樣的存在而已。

工作結束後回到家裡，外甥的書包被丟在大門旁，客廳裡傳來了卡通的主題曲，同時飄來一股甜甜的咖哩香氣。

我用腳尖輕輕踢了那個側面掛著閃亮星星裝飾的書包一腳，然後就直接走上了二樓。小學一年級的外甥似乎還沒養成將書包放在固定位置的習慣，所以我每次回家總會看到驚喜。上星期，書包還端坐在從下往上數的第四階樓梯上。

我從小學開始就住在二樓盡頭的那個房間，但從三年前開始，我能使用的面積就縮小了，因為嫁去隔壁縣的姊姊離婚了，搬回到家裡住。

明明只要把自己和孩子貼身的東西帶出來就好，姊姊卻說什麼「不拿可惜」，把那些現在根本沒在用的熨斗和電風扇全搬了回來，還擺得到處都是，一部分的東西還塞進我房間的壁櫥裡。因為這樣，我那些裝著衣服和相簿的紙箱全被拿了出來，現在我想躺在床上休息，還得辛苦地跨過這些東西才行。

一踏進自己的房間，我就被迎面撲來的熱氣包圍，我好想哭。早上出門的時候，我忘了應該只要拉上紗窗就好。

我連忙打開窗戶，把電扇開到最強。雖然幾年前我自己花錢裝了一臺冷氣，但貿然使用可能不小心就會跳電，到時姊姊就會破口大罵，所以我不太敢開。

我家是種草莓的，老爸總說只有兩個女兒沒人可以繼承家業，所以姊姊回來他反而很高興。媽的嘴上雖然老說：「哎呀，真麻煩。」但只要外孫一講「外婆的飯飯比馬麻的好吃」，她就一臉得意。現在平野家的一切都圍著外甥打轉，不管講什麼，絕對三句不離繼嗣傳宗。

「哼，又不是什麼將軍之後！」會這樣嗤之以鼻的人，看來似乎只有我了。姊姊倒是一副「我幫你們生了繼承人」的樣子，開始在家裡作威作福，我一想到她老是摸摸兒子的頭說：「要是貴美惠離開了，這孩子就能有自己的房間了呢～」我就會想：我只能結婚了。只剩結婚這個選擇了。

因為我要是真的離開家，自己一個人住，就等於是屈服在姊姊的威逼之下。若想突破這個狀況，並取得勝利，我就只能結婚了。只有透過結婚這個華麗的手段，才能給她一點顏色瞧瞧。

但遺憾的是，沒有人想跟我結婚。雖然也不是完全沒有過，但已經是很久以前的事了。我換上家居服，開始咀嚼著心中略微苦澀的記憶。幾年前，朋友介紹了一個男朋友給我，後來他說：「妳太乖巧了，總覺得很無聊。」於是棄我而去。

我餓了，但實在不想下樓去吃那個迎合外甥口味的、甜甜的咖哩晚餐，所以就往床上仰躺著倒下。就算是鬧脾氣，說我一點都不喜歡甜甜的咖哩，但我這把年紀了還每天吃家裡的飯，實在沒什麼資格好抱怨的。唉，我還是只能結婚了吧，但又沒有對象。

但要積極去找結婚對象，感覺又有點……我看著天花板說著：「找～結～婚～對～象～」就算是自言自語，我的聲音也小到無比寂寥。

找結婚對象這幾個字，完全地展現出我已被逼急的感覺。

但與其說是「自己不想陷在被人逼迫的狀態裡」，倒不如說是「我不想被人認為『平野小姐真的被逼急了』」的感覺吧。

「結婚典禮跟囍宴，我們打算辦在耳中海濱飯店喔～」耳邊響起了亞衣的聲音，我忍不住用力閉上了眼睛。對了，結婚還要辦囍宴呢。

如果我是透過相親網站最後成功結婚，那麼司儀不就會說：「新郎新娘是透過相親網站認識……」但要請對方保密，他們會答應嗎？不，若是叫他們保密，司儀反而會想，「這些人明明就被逼急了，還想隱瞞自己被逼急了的事實！」這可不行，這種感覺反而更糟糕。

我還是希望能有自然一點的相遇，我憧憬的方式就是自然相遇、自然交往，不是像亞衣那樣奉子成婚，也不是我去逼迫他，而是對方真的希望跟我結婚。

我也不至於會做這種白日夢，想著會有富豪跟我說：「鑽石的光芒在妳美麗的眼睛面前也顯得黯淡……」然後遞出鑽戒。

情況應該比較像是，每天見面的同事喜歡上我，跟我求婚：「我希望另一半是妳這種客氣、謹慎，但又有個性的人。我們結婚吧。」

不必非常帥氣，也不必是有錢人，就算有三個小姑也沒關係。我只是想要「自然地」遇到能看見我的謹慎，並發現我那隱而不宣的優點，因此想跟我結婚的人。這是那麼難以實現的夢想嗎？

所以啦，不管怎麼看，符合我思考的結婚對象，大概只有那個人比較合適了。時田翼先生，三十二歲。職場上認識的人，年齡的差距剛剛好，感覺他也有在存錢，結婚後應該也會分攤家事和照顧小孩。

而且，時田先生的五官其實也挺端正的。我並不是非常在意異性的外貌，不過，這畢竟會影響到孩子的面容，所以在挑選結婚對象時還是一個考慮的重點。哎呀，容貌端正卻從來都沒被旁人發現，大概是因為他低調又樸素的關係吧。這點倒是讓我挺有好感的。

要說還有什麼其他原因，就是他跟我學生時代喜歡的學長有點像。學長是非常文靜又溫柔的人，不過他有個同年的漂亮女朋友，所以只是我單戀他而已。我甚至沒有表白就直接放棄了，是一段淡淡的回憶。

雖然課長他們常輕蔑地說時田先生「軟趴趴的」，但他其實很少請病假，反而是飯盛給人經常感冒的印象。可見時田先生也很健康，感覺又更適合了。

但老實說，想到時田先生的時候，我的胸口從未感覺過苦悶，所以我並不「喜歡」時田先生。

不過結婚應該就是這麼一回事吧？只有喜歡根本無法維持下去，大家都是這麼說的。所以我覺得這樣或許比較好。

但現在最大的問題是，時田先生似乎不「喜歡」、也不覺得我是「適合」他的人，這個問題最是棘手。

在樓下的老媽提高聲音喊著：「貴美惠！妳吃飯了嗎？要吃嗎！洗澡呢！最後洗好嗎？」雖然我回答了「現在就去！」，但我媽大概也沒聽見吧。

飯盛似乎已向課長報告他要和亞衣結婚的事了。我外出跑完公務回來，大家正圍著飯盛熱鬧喊著「恭喜、恭喜啊！」，甚至還說什麼要「上繳年貢」這種彷彿上個世紀的言論。

有人看見我回來，還天真地對我笑說：「妳又被超車了呢，平野小姐！」

「是啊～」我回以一個應該相當僵硬的微笑，在回到自己座位上的短短三十秒內，我大概想了十六次「開什麼玩笑啊！這是性騷擾吧！吵死了！」。

「哎呀，這應該先對時田先生說才對。抱歉啦，早你一步。」飯盛邊說邊走回自己的座位。飯盛的位子在時田旁邊，我則是和時田先生背對背坐著。

「但我沒在跟你比賽。」

時田先生淡淡地回答。

唉，男人真是輕鬆啊——我忍不住這麼想。就算我說出同樣的話，聽起來恐怕也只像是不服輸而已。

「哎呀，不過你有女朋友吧？」

飯盛忽然碰觸到這個令人震撼的核心問題，雖然我心想「正好，多問一點」，又不禁害怕會知道些什麼，這兩種念頭幾乎快把我的心撕裂了。

「啊？為什麼會這麼說？」

對什麼事情都淡然處之的時田先生，難得地發出了有些緊張的聲音。我拚了命地不讓自己回頭。

「唔哇！你居然會緊張！那就是真的囉。畜產課那邊有傳聞說，時田先生跟一個還算可愛的年輕女生走在一起喔。」

「說那什麼話……什麼叫『還算』，他們以為自己是誰……」

「欸，是女朋友對吧？差幾歲？時田先生果然還是喜歡年輕女孩，對吧。她該不會……才十幾歲吧？哇！時田先生你也太誇張了啦！蘿莉控！」

「吵死了，做你的工作。」

時田先生大聲地回他，然後就不再說話了。

我不停轉動著手上的筆，反芻著剛剛聽到的內容。時田先生針對「有或沒有女朋友」這件事既未肯定也沒有否定。雖然知道應該要好好調查一下這件事，但我腦中卻塞滿了飯盛剛剛說的「果然還是喜歡年輕女孩，對吧」這句話。果然還是喜歡年輕女孩的，對吧。果然、還是喜歡、年輕女孩、對吧。

時田先生果然、還是喜歡、年輕女孩嗎？

店員。

我大概知道跟時田先生在一起的「年輕女孩」是誰——那個家庭式餐廳的店員。

年初的時候，我曾找時田先生商量過工作上的事，那當然是藉口，我只是想私下跟他在職場以外的地方見面。雖然「找他商量事情」這話我說得輕鬆，但對當時的我來說，可是鼓足了勇氣的行動。

去之前，我的想像是這樣的：在燈光陰暗的店裡喝著酒，我輕聲說著內心的煩惱。沒想到，時田先生竟然帶我去了燈火通明的家庭式餐廳。

時田先生跟那裡的店員「小柳小姐」打了招呼，因為對方是個年輕女孩，所以我嚇了一跳，還問他說：「是認識的人嗎？」時田先生只回說：「啊，嗯。」似乎也不想多作說明。

之後時田先生邊吃邊聽我說話，但都是我事先練習好的內容：「我繼續這樣在農協工作真的好嗎……但我原本也沒有什麼特別想做的事……」雖然他也會應聲，卻一直偷瞄一旁擦桌子、端盤子的那個女孩。

「……我真的很沒有自信……不管做什麼事情都一樣……」

「嗯……這個嘛，我認為就算不是『原本想做的事情』，但也能成為自己的工作。只要把事情做好，就算面對那些『做自己想做的事的人』，也不必覺得自己低人一等。」

時田先生說這些話時轉動了一下視線，隨後突然驚訝地倒抽一口氣。我順著他的視線看了過去，一個穿著餐廳制服的男人正按著鼻子站在那裡，指縫間還流下了鮮血。他前面站的就是那個女孩，看起來是她行使了暴力。「哎呀，真不敢相信，那孩子怎麼搞的？」我正皺眉頭，她卻已消失在店內深處。

我正思考著到底是怎麼一回事，時田先生卻突然說：「平野小姐，抱歉……雖然妳才剛說到一半，但我們可以先回去嗎？」然後站起身來。

「我知道平野小姐對於文件的處理和檢查方式，都有自己好好下過功夫，以避免錯誤。妳有確實掌握前輩教妳的方法，還自己做過改良，我認為這樣就已經『做得很好』了，至少這方面妳是可以很有自信的，沒問題的。」

時田先生匆忙結帳的時候，還一邊對我說了這些話，我覺得很高興。但在家庭式餐廳的停車場跟我道別之後，我卻看見他跑去員工通行的後門等那個女孩。他喊了聲「小柳小姐」，還讓她坐上了副駕駛座。

「所以時田先生有交往的對象？」

亞衣隔著門簾提高了聲音，門簾後方也傳來「麻煩請送過去」的店員說話聲。

「嗯，應該是。」

今天我陪亞衣來逛婚紗出租店，這裡是與耳中海濱飯店合作的店家。禮服好像都無法自己一個人穿上，亞衣挑了幾件後就跟店員一起消失在門簾後方，這裡的試衣間都大得誇張，一般的服裝店根本無法比較。飯盛今天本來要陪她來的，聽說忽然有急事沒辦法過來，所以才找我陪同。

婚禮和囍宴好像是定在兩個月後的十月二十一日，說是想在肚子大起來以前辦完婚禮，也因為臨時有人取消才勉強排到了那一天。雖然當天是凶日，但亞衣和飯盛並不在意，所以也沒關係。

「這樣啊？」我喃喃念著。不是因為他們不在意吉凶的問題，而是飯盛居然有急事。

會不會打從一開始她就想帶我來呢？我忍不住這樣想著。她是不是想讓我看她穿上婚紗的樣子，藉此炫耀一下呢？在我這個可能結不了婚，甚至連男朋友都沒有的人面前。

「沒關係啦，就搶過來啊。」

門簾後方傳來亞衣的聲音，內容聽得讓人有些不安。

「我們都三十歲了，哪有時間跟其他女人客氣。對吧？」

亞衣甚至還尋求店員的同意。我沒有聽見店員的答覆，門簾就拉開了。身穿純白色禮服的亞衣張開雙手——

「如何？」

「很漂亮。」我點點頭，微笑地說。她選擇的禮服是高腰款式，因為不確定兩個月後的肚子會大到什麼程度。

「貴美，加油囉。」

亞衣舉起握拳的雙手，鏡子裡的亞衣也是相同的姿勢。有兩個亞衣在鼓勵我，但我還是低下頭去。穿著婚紗鼓勵朋友，還說「加油」，想必讓她覺得很高興吧。我忍不住彆扭地這樣想著。

「但是對方很年輕耶，我想應該才二十歲左右吧。」

「年輕又怎樣？我們還是有一、兩項年輕女性沒有的優勢，對吧？畢竟都活了三十年呢。」
「呃……？比方說？」
「像是技巧啊。」亞衣笑著回答。穿著婚紗的人怎麼會說出這麼大膽的話?!店員試圖打哈哈帶過。「哎呀，不是那個意思啦～」亞衣又笑了。
入口的大門打開了，店員說著「歡迎光臨」並低下頭去。透過鏡子，我看見一對大約三十多歲的男女走了進來。
「您好。」
有個女孩跟在那對男女後方也走了進來，看見她，我忍不住從喉嚨深處發出詭異的聲音。如果我沒有認錯的話，就是那個女孩——「小柳小姐」。就是那個人，那個可能是時田先生女友的人。
店員走了過去，小聲和她說了些什麼。為什麼在這裡？她為什麼會在這裡？不會吧、該不會是要結婚了吧？和誰？不會吧。
就在我搖搖晃晃的時候，亞衣抓住了我的手。
「貴美？怎麼啦？」
「那女孩在這裡。」我說。音量小在這個時候倒是很方便，就算沒有非常刻意，也會自然變成悄悄話。

「咦咦！」亞衣睜大了眼睛，接著似乎想到什麼說了句「沒問題」，還拍拍自己的胸口。

「交給我吧。」

亞衣說完交給她之後，竟做出讓人非常驚愕的舉動。她大膽地朝「小柳小姐」走了過去，然後說：「唉唷，這麼年輕就要當新娘了嗎？哎呀，真厲害。妳穿禮服一定很漂亮，畢竟那麼可愛嘛！」

但最教我驚訝的是，剛說完「呃，不是那樣」的「小柳小姐」看見我後，竟「啊！」了一聲指著我的臉。姑且不論這樣指著別人的臉對不對。

她愣了一秒，接著喊道：「呃……是平野小姐！」我忍不住倒抽一口氣。為什麼她知道我姓什麼？

「咦？妳們認識嗎？」亞衣略顯慌張地看著我又看向她，然後笑著說道：「那……等等要不要一起喝個茶？」接著又在我耳邊低聲細語：「要先了解敵人啊。」

三人坐著我開的車，來到耳中海濱飯店的大廳酒吧。這裡的牆面是整片的玻璃，可以邊看海邊喝茶。

「妳要在這裡辦婚禮啊。」

她對亞衣這樣說，並好奇地四下張望。她好像叫「小柳檸檬」。「哎呀，這個名字超級特別耶。」亞衣才剛說完，她便盯著亞衣說：「是嗎？」雖然她沒有瞪人，但亞衣明顯地縮了一下。我想是因為，她的視線太過直接。

亞衣很擅長與人交流，懂得應對的「技巧」，如果要我邀第一次說話的對象去喝茶，恐怕心理準備就要三個月到半年。

「小柳小姐是怎麼認識貴美的呢？」

「我聽阿一……時田先生說的，是他的同事。」

小柳檸檬是這麼說的。阿一？難不成這女孩脫口就要叫出時田先生的名字？

「不會是那個時候吧，之前我們見面的那間家餐？」我有些膽顫地說，她點點頭：「對啊，就是在那間家庭式餐廳。」

「喔？小柳小姐在家餐工作啊。」

亞衣說完，小柳檸檬依舊直直地望著她說：「是啊，我是家庭式餐廳的員工。不過現在是在另一間店工作。」正當我想著，為什麼我們都說「家餐」而她都要完整講出「家庭式餐廳」時，亞衣就直接開問了：「妳在跟時田先生交往嗎？」

「我不想回答。」

小柳檸檬用吸管喝著柳橙汁，平心靜氣地說。

「咦，為什麼？」

亞衣的臉色有點不好看。

「因為我不想跟沒有那麼熟的對象，說我有沒有在跟誰交往。」

「哎呀，小柳小姐該不會生氣了吧？唉唷，我說了什麼惹妳不高興的話嗎？」

亞衣將手放在胸口上歪著頭。

「我沒有在生氣，只是說出自己的想法而已。」

小柳檸檬吐出了吸管後回覆。她閃亮亮的嘴唇上，沾了一滴小小的橘色液體。有那麼一瞬，我真的好嫉妒她如此年輕。

亞衣點點頭說「喔～」，隨後就說要去一下洗手間。看著她遠去的樣子，小柳檸檬又喝起了柳橙汁。她身旁的包包裡塞了一本捲起來的型錄，上面還能看見「相片婚禮」的字樣。好像是專為不辦婚禮或囍宴的人打造的、只穿婚紗留念的拍照企劃。

「那、那個……」

因為太過緊張，我的第一句話聲音還是有點高。小柳檸檬盯著我。「那個，」我指指型錄，「是妳要拍的嗎？那個相片婚禮。和誰呢？」其實我真想把這句話說出口，但當然是說不出來的。小柳檸檬順著我的視線看過去，說道：「……我本來以為會很貴，沒想到還挺便宜的。」

「……沒想到還挺便宜的嗎？」

我沒聽懂，所以只能重複對方說的話。

「當作禮物太貴，就想成是包紅包就好。」

「禮物……紅包……」

我在心裡拚命整理著破碎的資訊。禮物、紅包……這表示，某個人不久之後要結婚，小柳檸檬打算將「相片婚禮」當成禮物送給對方。是這樣嗎？當成是紅包。我想，對方應該是她相當親近的人吧。

「呃，是很親近的人吧？……啊，還是朋友們一起出錢的嗎？……啊，如果妳不想回答，不說也沒有關係啦，對……」

我想起剛才她說「我不想說」時的強烈眼神，語尾開始變得有些模糊。

「是我爸媽。」

「爸媽，哎呀，原來如此……」我也只能點點頭。

「爸媽因為某些原因沒有辦婚禮，我想說，至少送他們禮服攝影當成禮物。大概就是這樣吧。」

真是個有活力的好孩子，但我的內心卻激烈地抗拒自己產生這種感想。

小柳檸檬隔著玻璃望向沙灘，或許她很喜歡海。但要我繼續問她「是不是喜歡海？」又讓我相當遲疑。

包包裡的手機震動了起來，一看竟然是亞衣傳來了一個氣呼呼的兔臉貼圖。她是在洗手間傳的嗎？拿起來一看，她又繼續傳了訊息來。

「剛才那女生的說法讓我很火大。」

接著傳來的是旁邊寫著「劈里啪啦」、眼中有著熊熊火焰的兔子貼圖。

「我絕對要讓她說出，她跟時田先生到底是什麼關係。」

我以前總想說，懷孕的女人應該滿腦子想的都是肚子裡的寶寶吧。不厭其煩地看著超音波照片、來回翻閱命名的辭典，或是微笑地織著襪子……在網路上搜尋可愛的寶寶衣服……或是聆聽那些有助胎教的古典音樂……我還以為在她們眼中，應該沒有其他人才對。然而，我眼前的亞衣一臉不甘心地從洗手間回來之後，硬是往小柳檸檬靠了過去，還拚命說話。「話說回來，小柳小姐還真是可愛呢！皮膚好光滑。哎呀妳看，我都變得乾巴巴，皮膚都裂了。」亞衣雖然語帶自虐，卻又補上了一句：「想必，時田先生也愛死了小柳小姐的年輕可愛吧？是不是？」她還來尋求我的同意。

小柳檸檬看起來相當困惑，不時還會看向我，但我假裝沒發現。

「啊，對了！」

亞衣突然用力拍手。

「把時田先生叫來這裡吧！貴美跟小柳小姐都因為時田先生才有機會認識，並坐在這裡，但最關鍵的人物時田先生卻不在，這也太奇怪了吧。」亞衣邏輯混亂地鬧著：「這很奇怪，太奇怪了啦！」然後看著我說：「貴美，妳聯絡一下他嘛。」

「咦？不行啦！」

我不知道該說什麼才好，於是搖了搖頭。雖然我知道時田先生的電話號碼，但那是幾年前一起去外部單位實習時，互換的緊急聯絡電話，我實在不敢用作個人聯絡使用。

亞衣說著：「唉唷，好吧，那我拜託一下飯盛。」然後把手機放在耳邊，但對方似乎沒接電話，她嘖了一聲：「搞什麼啊。」接著搶走了我的手機。她自己找出號碼，然後撥給了時田先生。我正想著亞衣到底要如何解釋，為什麼要打這通電話，她竟然把手機塞回我手裡。我嚇了一大跳，順手就把電話掛了。

「啊，笨蛋！怎麼掛掉了。」

「可是！」

「貴美妳這個大笨蛋！膽小鬼！」

小柳檸檬一臉正經地看著手忙腳亂的亞衣與我，感覺像在說，「這些人一把年紀了到底是在幹嘛啊？」我羞愧到臉都紅了，腿上的手機卻開始震動了起來，看來是時田先生回撥給我。
我握緊手機，離開座位，走在飯店入口處講電話。
「平野小姐？抱歉，我的手機剛才放在桌上。怎麼了嗎？」
這是時田先生的聲音。
「啊、不。抱歉……」
「妳假日還在上班嗎？發生什麼事了嗎？」
看來時田先生完全沒有想過，我會因為工作以外的事情聯絡他。「沒有、那個、那個……」我邊說邊回頭看向大廳。亞衣站在那裡，比了個杯子倒向嘴邊的動作，嘴巴看起來像是在說「邀他過來」。
「我沒在工作啦！」
我的聲音聽起來相當悲痛，從旁邊走過的中年男性非常驚訝地看著我。
「我現在跟亞衣在一起。」
「亞衣，噢，就是那位。」時田先生說著。我回答他：「對，就是那位。」
我終於下定了決心，「如果您有空的話，現在是否方便一……一起，那個……吃個甜點？」說完這些話，我的腋下都噴出了冷汗。我知道時田先生不喜歡喝酒，所以才會邀他吃甜點。

「啊，抱歉，今天不太方便。」

我用手帕按了按額頭上的汗珠，聽見時田先生回覆的時候，我的眼中肯定浮現出絕望的神色。

光輝閃爍，在八月強烈的陽光下，不只海面，沙灘也閃閃發光。或許是因為剛過中元節，這裡並沒有玩水的人。海面是一整片的碧藍色，每當掀起波浪，那片碧藍便會隨之晃動。遠方的島嶼清晰可見，沙灘非常燙人，每踩一步，熱量都會透過鞋底傳了過來。

我和亞衣並肩走著，小柳檸檬就走在我們前方幾公尺處。她似乎刻意走在波浪會打到的邊緣，享受著驚險的樂趣，有時還會咻地跳起來跨過去。

「在等時田先生過來的這段時間，我們去沙灘散散步吧。」這是小柳檸檬的提議。

我忍不住陰沉地回想剛才的那通電話。

時田先生雖然說他不太方便，可是當我明白告知，「其實小柳檸檬小姐也在這裡」時，他竟然「啊啊？」地發出了非常大的聲音。
「為什麼？發生什麼事了嗎？」
他所謂的「什麼事」，指的似乎是意外或什麼麻煩的問題。「不是那樣啦，只是巧遇而已。」我支支吾吾地說明，時田先生鬆了口氣：「這樣啊，太好了。不是發生什麼意外就好。」
「小柳小姐也希望你來，她想見時田先生。」
小柳小姐「也」——我盡可能在這裡用力放進了我的想法，但其實是帶了點祈禱的心情——拜託你，就算我這麼說，也拜託時田先生拒絕我，並回我「今天不方便」——我拚命這樣祈禱，希望不管小柳檸檬在不在這裡，他的回覆都不會有所改變。
但時田先生卻說：「好，我知道了。既然如此，那我去一趟。」
他說「既然如此」。我邊走邊碎念，嘴唇都在發抖。什麼意思？
「果然、年輕女孩、比較好嗎？」
我自嘲地笑了笑。「真的比不過呢~對吧，亞衣。」
話不多卻低著頭的亞衣，突然「唔！」了一聲蹲了下來。

「怎麼了？妳不舒服嗎？」

事到如今我才想到，讓一個孕婦在這種大熱天走在沙灘上實在太過輕率了，我跟著蹲下來看向亞衣，她卻在哭。

「不是啦，我不是身體不舒服。」

亞衣搖著頭，撲簌簌地掉著眼淚。

「我有時候真的是不安到快死掉。」

「為什麼？」我脫口低聲問她。「為什麼？妳現在不應該是最幸福的時候嗎？」

「因為飯盛沒接電話啊。」

「……今天因為有急事，所以才沒辦法見面的吧？他肯定是太忙了，所以沒辦法接電話而已。」

「妳說，到底會是什麼急事？」

這樣問我，我又能說什麼呢？

聽說亞衣和飯盛「因為一個不小心，而有了深入關係」時，飯盛是有女朋友的。雖然飯盛試圖隱瞞這件事，但最後還是曝光了。「所以，我只是他的一個方便使喚的出軌對象而已啊。」亞衣說。

但亞衣也騙飯盛說，「以前就被診斷出很難懷孕」，所以才會刻意不避孕，結果就真的懷上了。聽她說出了這件事，我不禁深為震撼。「亞衣，妳有那麼想跟飯盛結婚嗎？」

「因為，我已經沒有退路了啊。」

亞衣哭著回答。我不禁想著，就算對象不是飯盛大概也沒關係吧，只要是個適合結婚的人就行。

但如今就算兩人已經決定要結婚了，只要沒辦法聯絡上飯盛，她就會非常不安，想說他是不是跑去跟前女友見面了。

小柳檸檬呆立在我們幾公尺外的地方，一臉不知道該如何是好的樣子。看來她沒有搞懂發生了什麼事。我默默對她點了個頭，她也對我點點頭。看來她是這麼判斷，不管發生了什麼問題，自己最好不要插手。

「總之先坐下吧。」

我讓亞衣坐在有陰影的石階上，並坐在旁邊輕撫著她的背。

「我沒事了，真抱歉。」

亞衣抬起紅腫的眼睛，雙手在臉前合十，然後開始滔滔不絕地說著，「我很清楚這麼做有多愚蠢、多膚淺，但自己真的非常想結婚，所以這輩子大概會一直陷在這種不安裡，再也無法回頭了。」

「這樣啊，說的也是。」

無法回頭了。我點著頭，但又想著「為什麼呢？」這樣實在太悲傷了，我們為什麼會強烈地想著「非結婚不可」呢？

這個疑問也容易回答。因為社會就是這樣，因為我們都想跟常人一樣。

「那也太無趣了吧，你就是你啊！」我知道很多人會說這種話。但不管怎麼樣，我都希望和「多數人」站在同一邊，我想要的並不是那種逆風獨行的生存方式。對那些不想這麼做的人說「常識太無趣了，你要強悍一點」，其實就跟「要快點結婚才行」一樣，都是將自己的價值觀強加到別人身上。這兩種說法是完全相反的，但帶來的壓力卻是一樣的。

「貴美，妳真的是個好孩子。」

亞衣突然說了這句話，我猛然暈眩了一下，不是因為天氣太熱。

「怎麼忽然這麼說？」

「因為妳是個好孩子，所以我真的很希望，妳跟時田先生能順利。但我可能太多管閒事了，對不起。」

「不是的！」我很想說出這句話，但從喉嚨深處吐出來的，卻只有詭異的呼吸。我才不是什麼好孩子，一點都不是。

因為我的想法總是非常膚淺，而且還很狡猾。

甚至剛剛我都還想著，亞衣找我來陪她試婚紗，只是為了炫耀罷了。

國中在寫那份表單的時候，其實我也很想完全按照自己的想法去寫，但我寫不出來，因為我害怕我寫的東西若不小心被對方知道，我就會被討厭。

「妳先坐在這裡休息一下吧。」說完後我離開亞衣身邊，走向站在沙灘上的小柳檸檬。她正背對我們，看著大海。

「沒事了，亞衣說她在那裡休息一下。」

「這樣啊。」小柳檸檬點點頭，又踏出了腳步。不知為何，我就這樣跟在她的後面一起走。

「妳不問我發生了什麼事嗎？」聽見我的問題，她回頭說：「不問。」

我閉上嘴，心想：大概是因為，等一下時田先生會過來，這女孩才不得不跟我們在一起，但其實她對我們一點興趣也沒有。

就算把亞衣說的話告訴這個女孩，以她現在的年紀應該也很難理解吧。因為在她的世界裡，並不存在我們懷抱的焦慮，以及對未來的不安，畢竟她還這麼年輕啊。

「啊。」小柳檸檬發出微弱的聲音。在相當遠的地方，有個看起來像時田先生的人走了過來，時田先生發現我們以後，用力地揮揮手。我也跟他揮揮手。

「阿翼！」

小柳檸檬大叫了出來。我心想，為什麼要刻意喊得那麼大聲呢？對方若沒發現我們也就罷了，但時田先生剛才明明就看見我們了啊，還跟我們揮了手。

「阿翼。」小柳檸檬再次喊著。那聲音大到整個在我的胸膛裡迴盪，但為什麼在我的心中，此刻卻充滿了一種悲戚感呢？

不知道是不是我的感受傳了過去，時田先生看起來加快了腳步，小柳檸檬也跑了起來，她後腳踢出的沙子嘩啦啦地灑到我的鞋尖上。

明明在這裡等著，對方就會過來了，還是迫不及待地跑了過去，這孩子就像小狗一樣呢。我很想笑著這麼說，因為只要笑出來，就能維持長者應有的從容。

我不知道他們兩人到底是什麼關係，但我至少知道，這女孩是喜歡時田先生的。

「果然年輕真好啊～真是比不上她呢～」我明明想笑，卻感覺呼吸有點困難。

不對，這才不是什麼年齡的問題。我比不上她的根本不是這個。我一點都不想知道，卻被迫發現了這件事。

那種一心一意、全力奔向自己喜歡的人的態度，我從一開始就未曾擁有。別說我現在已經三十歲了，就算是二十歲時的我也沒有。

我也沒有亞衣那種，明知自己的行為愚蠢又膚淺，卻能說出「無法回頭」這四個字的決心。

學生時代曾經喜歡過的那個、跟時田先生有點像的學長，我也只是看著他而已。之後我一直都是愣愣地夢想著，有某個人能夠發現我隱藏的「優點」，然後喜歡上我而已。我不想被別人認為是個被逼急了的女人，我從頭到尾就只在意這件事情。

小柳檸檬奮力地向前跑，卻在時田先生幾公尺前在沙子上打滑仆倒。就算距離很遠，也能清楚看見時田先生一臉慌張地跑向她。

不知何時，亞衣已經站在了我身邊，她的眼睛和鼻子依然紅通通的，不過已經不再哭了。

「貴美，那個……這該怎麼說呢？」

亞衣低下眼睛。

「沒事的。」我點點頭。

「我並不是喜歡時田先生啊，只是覺得時田先生是滿合適的人而已。」

聽我這麼說，亞衣點點頭，略略一笑。

「這樣啊。」

「是啊。」

我們默默看著他們兩人往這裡走來。小柳檸檬在時田先生旁邊蹦跳前進的樣子，真的就像是一隻小狗。雖然不想承認，但她真的很可愛。

不知道他們在說什麼？時田先生看起來笑得很開心，根本不像我認識的那個人。我忍不住心想：我怎麼會覺得，時田先生是個「適合的對象」呢？他這種表情我還是第一次見到。

「貴美啊。」亞衣再次喊我。

「嗯，我沒事啦，真的。」回答的同時，我也用指尖抹掉了從眼角掉出來的東西。「好奇怪喔，」我喃喃地說，「為什麼會哭呢？」

可能我還是有那麼一點喜歡時田先生吧，但實在是發現得太晚了。我真是個笨蛋。一邊覺得傻眼，又忍不住笑了出來。

微笑的我。沒錯，現在的我真的在笑。至少嘴角是微笑的形狀。所以我想，時田先生他們來到面前的時候，我應該能夠止住這淚水吧。

脫不了的外套

「今天實在非常恭喜二位。」新娘朋友的講話聲，以及時田翼說的「所以我想要綁架那位新郎」的聲音重疊在一起。

新娘的朋友似乎說了什麼有趣的事情，耳中海濱飯店的鳳凰廳裡，忽然爆出一陣笑聲。但我坐的這桌的人卻陷入沉默，所有人都看著時田翼。而時田翼則轉過來面向我。

「伯父，請幫個忙。」

看來我是被捲進亂七八糟的事情裡了，這大概要追溯到一個半小時以前。

「這一切都讓我覺得很不爽。」我在男廁拉起褲子碎唸著，還順便在洗手臺「呸」地吐了口口水，隔壁看著鏡子的年輕男人一臉責怪似地看向我。我進來的時候，這傢伙就已經對著鏡子在打理劉海，最近的年輕男人非常在意自己的髮型。真男人就要二話不說，理個平頭才對！

耳中海濱飯店是一棟白色的橫長型建築，出了廁所以後，我在建築物後方兜著圈子。

「嗶噗噗。」我突然聽見老鷹愚蠢的叫聲，於是抬頭看向正在上方盤旋的那個傢伙，這才發現天空還挺高的。夏天的天空很近，秋天卻很遠。

「對了，畢竟都十月了。」我點點頭。空氣也是一天冷過一天。

我看了看手錶，婚宴是十五點開始，錶上的針指著十四點三十二分。

這間飯店從名字就知道它面朝大海，不管是大廳、客房還是兩個婚宴會場，都擁有非常開闊的景色。這裡原本就是很受歡迎的結婚會場，但近年不知是因為不婚還是晚婚，使用者似乎比以前少了很多。

四十幾年前我結婚的時候，根本沒聽過有人會在飯店辦婚禮。大家都是在一個外觀像龍宮的結婚會場舉辦豪華宴會，好像叫寶姬殿還是什麼。我清楚記得，大叔父還表演了一段肘差村的傳統民謠「複節」呢。

挑了個應該不會被看見的地方，我拿出偷偷帶來的香菸，點起火，深深吸一口。

不爽的事情第一件。吐煙的同時我在心中碎念。禮服的長褲變緊了。雖然可以放鬆調整，但妻子卻拍著我的肚子說：「你是不是變胖啦？」

最近那傢伙開始變得很煩人，每天都鬧著說：「拜託你戒菸啦，不戒的話，我可不知道會有什麼下場。」因為實在太煩人了，所以我在家裡沒辦法抽菸。

但妻子卻對我只在家中禁菸不是很滿意，所以到處去跟人說：「如果看到他在抽菸，拜託你們一定要拿走喔！那個人的身體真的不能再抽了。」

她好像對之前我接受公家機關的健康檢查結果很在意，因為肺部的X光片上照到了奇怪的陰影。我都跟她說了，在做完精密檢查前無法知道詳細的情況，但女人就會為了這點小事吵吵鬧鬧。

當初我們是相親結婚的，幾十年來，我都覺得她是那種會默默跟在男人三步之後的女人。現在是怎麼搞的？突然說什麼：「以前我都覺得，與其回嘴不如乖乖聽話，這樣日子才會比較好過。但我現在覺得，這對將來一點好處都沒有，對未來的女性來說根本就沒有什麼好處。從今以後，我會盡可能地把想說的事都說出來。」未來又怎麼了？講得好像很偉大一樣。

妻子肯定是被那個女人影響，就是那個二兒子鐵也「打算結婚」的對象。她叫玲子，年紀比鐵也大，還離過婚，而且還在宴會上指責我。說什麼要我好好珍惜自己的老婆這種話，老婆聽了好像還非常感謝她。

這是我不爽的第二件事情。

第三件事情就是不能唱「複節」。

今天我是被邀請來參加春馬的婚宴，春馬是妻子的一個年輕的遠房親戚，幾年前靠我的關說進了耳中市農協工作。結婚的對象聽說也是農協的職員，兩個人還一起拿了帖子過來。

「要唱複節，就交給我！」我拍著胸脯自信滿滿，結果兩個人非常尷尬地對看了一眼，還說流程裡並沒有這個安排。

「複節就是那個吧，那個……很像在吟詩的東西。」

「完全不一樣。」

「但就是那個，要低聲唱念歌謠的那個不是嗎？就是這樣、這樣……」

春馬一邊比出拿扇子的動作，還一邊「恭賀～哎呀呀～」地唱了起來。沒辦法，我就表演了一小段給他們聽——

「……是這樣才對。」

「但這一帶的結婚典禮，多半是表演慾這些東西吧。就像學日本舞的伯母在跳的那個啦，還有一些很厲害的人會演講致辭等等……這種內容對客人來說實在有點那個啦。『複節』也是啊，所以真的很抱歉，我們沒有要唱喔。請您不用準備。真的拜託了，義孝伯父。」

我從沒聽過結婚不唱「複節」的，還說什麼「那個」?!這可是在值得慶賀的場合中，一定要唱的傳統習俗耶，還能為你帶來福氣、幸福與財富，是非常吉利的民謠耶。居然說「不用準備」，你是什麼意思啊?!

兩個人回去後我還是非常憤怒，妻子反而一派輕鬆地對我說：「畢竟時代變了嘛。」這也讓我覺得很不爽，於是一邊煩心想著這些事，還打了大呵欠把煙霧吐出來。

我最近實在睡不好，有可能是因為菸抽得少，所以才睡不著的嗎？這樣的話反而對健康有害不是嗎？

半夜醒來看著天花板的時間增加了，我曾祖父蓋的房子已經相當老舊，天花板有很多污漬。還有一個特別大、看起來像人手的污漬常會跟我說話。

「哎呀，真是的，你的人生喔，實在是……」

「怎樣！有事要說就說清楚啊！」我開始跟那隻手對話。「我的人生是有什麼問題嗎？我娶了媳婦、生了三個孩子、保住田地、保住土地六十多年，在農協經營的汽車銷售公司工作到退休，去年也順利地將田地轉讓給大兒子。之後只要靠地租收入和退休金就能好好過活。」

所以到底是有哪裡不好?!但那隻人手只會說什麼「哎呀實在是」，卻什麼都不肯回答。

我揉掉香菸，馬上又點了一根新的。此時突然冒出的說話聲，嚇得我差點把菸掉在地上。

哎呀呀冷靜點，又不一定是我認識的人。就算被看到也不會怎樣，我就想吸菸啊！老婆有什麼怕的！X光片上有奇怪的陰影又怎樣。

那個聲音靠得越來越近，還混雜著男人跟女人的聲音。女的好像在哭，男的正在安慰她。我伸長了脖子往那邊看過去，女的穿著禮服，布料薄如蟬翼，她正抽抽搭搭地哭著。

那個穿著西裝、對哭泣的女人說「冷靜點、冷靜」的男人我有印象——時田翼，鐵也的同學。

他老爸在肘差是個惹人厭的傢伙，陰沉又愛喝酒，不與人往來，他這個叫翼的兒子體格也軟趴趴，一點霸氣都沒有。以前我曾受託當過孩子們的軟式棒球教練，當時翼的聲音就很小，也缺乏追球的熱誠，完全派不上用場。只要跟他說「像你這種軟弱的男人出了社會一點用都沒有」，他就哭了。實在搞不懂鐵也為什麼跟他那麼好。

話說回來，翼也在農協工作呢。他也被叫來春馬的婚宴嗎？對了，我聽說他們都在互助課，太晚想起這件事了。

雖然他被邀請並不奇怪，但我實在搞不懂，他怎麼會在這個時候把女人弄哭。該不會戀愛問題吧？嗯……我下意識地扭曲了嘴角，豎著耳朵聆聽。

「不介意的話，我可以聽妳說。妳不想說的話，也沒關係。」

我聽到翼這麼說，感覺他還真是不在乎呢。女人的說話聲很小，根本聽不清楚。我探出身子的時候沒有踩穩，踏到了枯葉，「喀吵」一聲，翼轉了過來。

「伯父。您好。」

翼絲毫不為所動地低頭打招呼。

聽說因為要嫁給春馬的女人懷孕了，所以才連忙召集客人舉辦了這場婚宴。但兩家要招待的人數沒辦法取得平衡，一般來說會有一桌是新娘的朋友，也會各自安排職場同事與親戚的桌位，但我卻和農協職員的翼坐在一起。而且這張六人桌只坐了四人，看來還真是找不到人。

翼的左邊坐的是叫平野的農協職員，聽說跟新娘是公司的同梯好友；另一位就是剛才和翼在一起的那個在哭的女人。我忍不住直盯著對方看。

「看起來，零散的客人都被安排在這桌了吧。」

翼是這麼說的。

「飯盛可能是覺得，我跟伯父也算認識，所以安排在同一桌也沒關係吧。」

翼一副了然於胸的表情這樣說明，我只能對他大喝：「這種小事我也知道。」

「伯母今天沒來嗎？」

我看著前方，就是不想回答翼的問題。喜帖上的確是邀請我們夫妻，但妻子就是不肯來，說什麼「因為是星期六，所以我無法去」。她之前一直都會在星期六去養老院探望自己的母親，不管我跟她說了多少次「妳改天再去就好」，她就是不接受。

拿著麥克風的司儀，聲音開朗到幾乎有些兇暴：「感謝各位今日蒞臨飯盛春馬與原田亞衣的結婚宴會。」現在是都不說「飯盛家與原田家」了嗎？怎麼這麼多怪事，妻子大概會說：「畢竟時代變了嘛。」

我再次打開座位表，確認那位哭泣女人的名字，她名叫松田艾瑪。最近的父母親是怎樣？老愛幫孩子取一些像糖果一樣甜膩又發音響亮的名字。

松田艾瑪用力吸著鼻子，低下了頭。「你在跟那個大姐交往嗎？有孩子了嗎？」我在翼的耳邊說著。「啊？」翼傻眼地看著我。不知為何，翼對面那個叫平野的女人也瞪了我一眼。

「你剛才害人家哭了吧。」

「不，不是我害她哭的……」

翼正要說些什麼的時候，燈光消失了。新郎新娘進場，四下響起鼓掌聲。

「我不能接受。」松田艾瑪忽然冒出這一句話，就在湯送上來的時候。她已經不再哭泣了。

「松田艾瑪在婚宴接待桌那裡完成入場手續後，就突然哭了起來。」乾杯後翼對我說明。翼就排在松田艾瑪的後面，被正要跑走的松田艾瑪撞個正著。因為這樣，松田艾瑪的手機被撞掉了，翼撿起後追了上去。他們似乎就是在那個時候，在飯店大樓的後面遇到我。

沒想到他居然有勇氣叫住一個正在哭的女人啊——我再次看著眼前這個軟趴趴的年輕男子。我實在不會應付女人的眼淚，最好是不要扯上任何關係。就算父母死了，男人也不能哭，我一直都是這樣被養大的，所以實在不習慣別人在我面前哭。

「剛才真是抱歉。」

松田艾瑪向翼低下了頭。「我啊……」她大大吐了口氣，然後說出嚇死人的話。

「我本來是在跟他交往，跟飯盛春馬。就是現在穿著晚禮服、坐在那邊的新郎，飯盛春馬。」

「大概兩年。」松田艾瑪用手比了個二。「我們是在農協的橘子挑選場打工時認識的。」松田艾瑪說她跟春馬同年，「雖然我們沒有清楚約定將來會在一起，但的確有這種念頭。但忽然有一天，我就完全聯絡不上春馬了。正想著到底是怎麼一回事，就聽到以前在挑選場認識的打工夥伴說，春馬要跟另一個女人結婚了。我真的非常驚訝。但又聽說那位女性已經懷孕了，我更加震撼。」

「呃，那個……我、我可以問個問題嗎？」

那個叫平野的女人舉起手，一邊推著眼鏡一邊打開了座位表。

「松田艾瑪小姐的名字，這裡是寫『新娘友人』耶……這是怎麼回事？」

「真是個好問題。」松田艾瑪點點頭。真不知道她是內心狂亂，還是異常冷靜的奇怪女人。

「畢竟就算我去春馬家，他也都裝成不在……所以我想，乾脆就去親眼看看春馬的結婚對象。

春馬的結婚對象名叫原田亞衣，這件事我已經透過挑選場的打工夥伴，從春馬的口中問了出來，另也掌握到亞衣每個星期都會去一次耳中的健身房。

亞衣是去上孕婦瑜伽的課程，所以我也跑去報名，上同時段的有氧運動班，還在更衣室裡隨口跟她搭話，就這樣成了朋友。

亞衣對於幾個月後就辦婚宴，卻找不到客人非常煩惱，而且對生產以及很多其他未知的事情，都感到相當不安。要接近那種狀態的她，這樣講可能不是很好聽，但真的是簡單得要命。

我還對她說：『我想這也算是一種緣分，雖然我們才認識不久，但我非常希望能夠出席亞衣小姐的結婚典禮。』於是亞衣就開開心心地，把我加進了宴客名單裡。

另外，松田艾瑪其實是假名，因為用本名的話，春馬看到名單時就會發現了。」

看到這女人呵呵笑的表情，想必我現在的臉上一定寫著：我見鬼了。

「唉。」翼和平野同時嘆了口氣。

「真是厲害……」

什麼叫真厲害?!你們在感動個什麼勁啊！這個人根本超級危險吧！

「欸、喂！我說妳啊！」

我慌張地提高聲音，用力指著那個用「松田艾瑪」做為假名、卻沒有說出真名、所以只能叫她松田艾瑪（假名）的女人。「妳打算要幹嘛?!」我提高音量問她。其他桌的人也都回過頭來。「幹嘛？」松田艾瑪（假名）撩起自己的頭髮。

「哎呀，當然是想把情況搞得一團糟啊。像是在會場大吵大鬧，或是搶走演講者手上的麥克風，然後把真相公開這樣。」

「唔啊。」平野發出了怪聲。

「或是用文靜一點的做法，大概就是唱一下卡拉ＯＫ，選幾首陰暗又悲傷的歌這樣。」

拜託一下，找個人來跟這女的講講「文靜」的定義吧。

「但來到這裡以後，我忽然覺得這一切都變得好空虛。把婚宴搞得一團亂又能如何？想想又覺得，最後丟臉的還是我吧？唉，為了到這裡來，我還跑去上我一點都不想上的有氧運動，想想就覺得想哭。」

「你們看看那張呆臉。」她用下巴往新郎新娘桌點了點。某個人正在倒酒給春馬，他還一臉笑呵呵地一口喝光。新娘的座位上沒有人。這麼說來，女司儀剛才好像有說什麼要去補妝，所以要先離場。

「但我還是不能接受。我不能接受的不是他要跟別人結婚，畢竟人的心情是會變的嘛。會想分手，那也是春馬的決定……這也是沒辦法的事。但我不能接受的是，春馬就這樣默默地離開我。一句話也沒說，就這樣逃走實在太過分了。這根本就是把人當傻子耍嘛。畢竟我們在一起兩年……兩年耶！要跟交往兩年的對象分手，難道一句『再見』也說不出口嗎？……」

松田艾瑪（假名）兩手掩住臉。

打破沉默的，是翼的那句：「的確無法接受呢。」

然後他又說：「所以松田小姐打算怎麼做呢？雖然已經不想搞亂婚宴了，但還是覺得不能接受吧？」

聽完翼的問題，松田艾瑪（假名）沒有回答。我繼續喝著啤酒。

「我想……我想好好談談，跟春馬談話。」

漫長的沉默之後，松田艾瑪（假名）是這麼說的。

「我想跟他好好談一談，然後結束這一切。」

「平野小姐覺得這樣如何？」翼看著平野。

「啊……呃……」平野支支吾吾。「我畢竟是亞衣的朋友……」她低下頭，陷入了沉默。

我隨手倒著啤酒，邊喝邊覺得不高興，真的很想抽根菸。

不知何時連春馬都不見了，才剛這麼想，新娘似乎已經補完妝，準備再次入場。燈光又消失了，聚光燈打向入口，穿著大紅色禮服的亞衣和胸口插了紅色花朵的春馬對大家敬禮，手上還拿一根長長的棒子。啊，是那個什麼……點蠟燭服務的嘛。我邊想邊隨便地拍著手。

話說回來，春馬有發現松田艾瑪（假名）用假名潛入這場婚宴嗎？我的腦中忽然浮現這個疑問。

「妳啊，欸，我說妳啊。」

我略微起身，喊著松田艾瑪（假名）的名字。

「妳要不要躲到桌子底下。」

「啊？為什麼？」

松田艾瑪（假名）挑起眉毛。

「為什麼我要躲起來啊？」

「春馬會嚇到啊！」

就在我們說這些話的時候，春馬已經來到隔壁桌了。松田艾瑪（假名）挑釁似地看著我。

「請坐下。」翼拉了拉我的袖子。

我「嘖」了一聲坐了下來。「冷靜點。」這話說給我自己聽的。話說回來，我幹嘛要這麼緊張啊？

春馬和亞衣終於來到我們這桌，春馬臉上的笑容簡直可以說是春風得意，他的視線依序看向我、翼、平野，最後停在松田艾瑪（假名）的臉上。他睜大了眼睛，嘴巴也合不起來。

我忍不住想說「這傢伙現在才發現啊……」，翼跟平野心裡想的大概也跟我一樣。松田艾瑪（假名）則抬頭看著春馬，面無表情地拍著手。

不知過了多久，也許只有幾秒，卻感覺像是永恆。亞衣狐疑地用手肘敲了敲渾身僵住的春馬，他這才一臉驚醒，將手上的棒子靠向蠟燭。似乎因為太過震撼，手在發抖，所以火一直點不起來。

好不容易點起了火，兩人終於離開了我們這桌，松田艾瑪（假名）又開始落下大顆眼淚。

「所以我才想要綁架那位新郎。」

翼沉默了好一會兒，在演講剛開始的時候丟出了這句話。

「畢竟不這麼做的話，就沒辦法跟飯盛講話吧。」他看向松田艾瑪（假名）。

「伯父，請你幫個忙。」

看來我是要被捲入亂七八糟的事情裡了。

「但要怎麼做？」

聽平野這麼問，翼說著「這個嘛」，然後思考了一會兒。

「……在婚宴結束後，就跟他說有事情要談，直接讓他坐上車如何？」

「啊，這樣的話，」平野舉起一隻手，「我先去把車子開過來。時田先生帶他過來的時候，把他用力塞進車子裡，這樣就行了吧？」

妳怎麼講得好像很高興的樣子。

「喂！叫平野的！」

聽見我喊她，平野猛然縮起肩膀看向我。

「妳不是新娘的朋友嗎！」

我對她吼著，「妳不覺得亞衣小姐很可憐嗎！」平野低下頭咬著嘴唇。

哼，看這樣子應該是受了很大的打擊吧。我實在不喜歡愚蠢和囂張的女人。

我一邊偷看著她，一邊舉起啤酒杯。

「不是的。」

平野非常清楚地反駁，害我嚇得差點把啤酒噴出來。「不，我不這麼想。」

她還在說。聲音雖然很小，語氣倒是不怎麼迷惘。

「我並不覺得亞衣可憐。我反而覺得，飯盛如果有一個沒有好好分手的女人，讓亞衣過著不安的日子，這樣的婚姻生活才叫可憐。」

「畢竟，松田小姐也沒有要從亞衣那裡把飯盛搶回去啊？」平野說。「她只是想好好談談，然後接受這件事，對吧？」松田艾瑪（假名）重重地點點頭。

「而且……」

平野低下頭去。

「我在工作上老是受到時田先生的幫忙，所以，如果時田先生覺得這麼做是正確的，那麼我、那個……我也想幫忙。」

盯著這個說到雙頰通紅的女人，我突然感到毛骨悚然。這傢伙到底在說什麼啊？

「平野小姐，但妳剛才有喝酒吧？」

聽翼這麼說，平野「啊」了一聲，看著眼前的玻璃杯，已經少了大概一半。

「我沒有喝。」松田艾瑪（假名）說道。「但我今天沒有開車來。」她垂下了眼睛。

「如果松田小姐會開車的話，請妳開平野小姐的車，如何？」

翼說完，兩個人簡直是點頭如搗蒜。

「不准。」

我大聲怒吼，附近桌子的人又都回過頭來看。

「說什麼綁架啊！」

「我說你啊，」我放下玻璃杯瞪著翼。雖然我常常會想，這種傢伙平常看似乖巧，但內心根本不知道在想什麼，居然說要綁架?!

「又不是小鬼頭了，為什麼要把事情搞這麼大。雖然這樣說不太好，但這種事很常見啊。男人跟女人……本來就有很多這樣的事情。」

「我也有過啊，年輕的時候，哈哈哈。」刻意笑一笑。沒錯，讓你們看看年長者與你們之間的差距。經驗值不一樣啦，經驗的價值。

「我在和妻子相親以前，也跟一個女人非常要好，她在小酒吧上班。雖然不是什麼美人胚子，但臉蛋還算可愛，好像出生在很遠的北方。對我這個在九州深山的耳中郡肘差村裡長大、從來不曾出去外面生活的人眼裡，『生在北方』的女人實在非常新鮮，不管是她通透的白皙肌膚，還是她的沉默寡言。

但最後還是分手了。說起來，我一開始就沒想過要跟她結婚，畢竟做那種生意的女人，肯定會被父母反對。我想女人應該都懂吧。」

翼原先皺著眉聽我說話，臉上的表情卻忽然放鬆下來。他抓起啤酒瓶，往我的玻璃杯裡倒滿。

「我明白了。說的也是，什麼綁架嘛。當然不能這樣做。」

「就是這樣！」

只要我的杯子空了，他就會幫我倒酒。大概是因為松田艾瑪（假名）說的事情還是讓人相當驚訝，我都沒怎麼吃東西，所以今天醉得特別快。

翼頻繁地操作著手機，隔壁的平野也是。我一邊想著「最近的年輕人怎麼都這樣」，一邊啜飲著啤酒。

「那個女的叫作什麼名字？」

「美雪。」我幾十年沒將這個名字說出口了呢，一股甜蜜的感傷忽然充滿我的胸口。

「這樣啊，那麼您是如何與美雪小姐告別的呢？對了，要不要點燒酒，還是威士忌來喝？」

翼忽然變得這麼體貼，真是令我驚訝，但這樣也不壞。沒錯，就該這樣。年輕人就是應該要幫年長者做這些事，所以我叫他拿了兌水的威士忌過來。

「怎麼可能吵架，根本就沒有特別說什麼分手啊。就算不特別講，她也明白的啦。她就是那種女人，對吧？人家不是說，戀愛雖然要靠兩個人的意志才能開始，但結束只需要一個人的念頭啊。沒聽說過嗎？哈哈哈。」

「說到女人哪，本來就是很薄情寡義啦。」當我放下清空的啤酒杯，眼前馬上就擺上裝了琥珀色液體的玻璃杯。拿起來喝了一口，濃度很高。我嚇了一跳。

「薄情寡義？什麼意思？」

翼探出身子。

舞臺上是個年輕男人，應該是春馬的朋友正在彈吉他唱歌，我不知道歌名。大概是年輕人的婚禮上常會聽到的曲子吧。我又想起了他們不讓我唱「複節」的事。「可惡。」我碎碎念著。複節不行，那傢伙就可以嗎？有什麼不一樣？差在有沒有樂器嗎！

感覺肚子深處有股熱氣冒了上來，周遭的聲音逐漸遠去，就好像我潛在水裡的那種感覺。兩腳也輕飄飄的，我大概醉了吧。

「女人哪，就算說了那麼多，也會馬上忘掉的啦。分手的男人……馬上就忘得乾乾淨淨。就是那樣啦，所以松田小姐啊……妳也是……咦？人咧？」

不知何時，平野和松田艾瑪（假名）都不見了，到底跑去了哪裡了？

「哎呀，不用管她們啦。」翼說完，又叫住了員工，再幫我點了一杯威士忌。

平野和松田艾瑪（假名）也沒回來，婚宴當然還是要繼續下去，接著是朗讀給爸媽的信件，然後是獻花……這一切都結束後，婚宴也到了尾聲。時鐘的指針顯示，現在已經過了十七點。

可以看見新郎新娘正在出口處送客人離開，同時遞給大家小點心。

「我想最後再走。」

翼拖拖拉拉地說著，「伯父您先請。」聽他這麼說，我準備跨步離去，腳步卻有些不穩，看來是喝太多了。

春馬和亞衣看見我都低下頭去。在點完蠟燭服務之後，春馬的表情一直很僵硬，也不是不能理解啦，畢竟分手的女人居然跑到婚宴上。我握了握他的手，當作是在安慰他。

我正打算走到搭計程車的地方，卻又停下腳步。對了，翼今天沒有喝酒，要是他有開車來的話可以讓他送我一程，就這麼辦吧。我轉過身，等著翼出來，但他始終不見人影。

好不容易看見了翼，我聽見他先朝著亞衣說：「抱歉囉。」接著又對春馬說：「有點事情要談，你可以跟我過來嗎？」

「咦，要幹嘛？」

春馬似乎察覺了什麼，臉上有些抽搐地回答。

「哎呀，一下下而已，十到十五分鐘就好，可以跟我來一下嗎？」

「我才不要，為什麼是現在？」

「拜託你，跟我來啦。」

翼抓住春馬的手一把拉住。「等等、不要這樣、我才不要！」春馬奮力抵抗，兩人簡直快糾纏在一起。

「我不要！我不會去的！絕對不要！」

「飯盛……拜託啦……」

「那個傢伙。」我忍不住嘖了一聲。看來他根本沒有放棄綁架的事，蠢貨。

「欸欸、喂！」

我插進兩個人之間。

「翼，我說你、你夠了沒啊！」

我覺得自己沒有踩到地面，舌頭也不太輪轉，煩死了。

「你、你那、剛才我也說過，那個……」

「嘎嘎嘎的吵死人了！」

一瞬間，我懷疑起自己的耳朵。

剛才怒吼的人是誰？是這傢伙嗎？我看著翼倒抽了一口氣，他也睜大眼睛直直盯著我。原本還吵吵鬧鬧的會場，突然變得有如結冰般寂靜。

「……春馬。」

打破沉默的是亞衣，她緊緊抓住紅色禮服的裙子在發抖。

「你和時田先生去一趟吧。」

「咦？」

春馬看著亞衣，眼中透出求救的信號。

亞衣再次說道：「我希望你去一趟。」她或許察覺到了什麼吧。

「但是、拜託……」一邊聽著亞衣說話，我卻跌坐在地上，感覺整個世界都在轉動，我實在是站不起來。

「你絕對要回來唷。」聽見這句話後，我閉上了眼睛，之後的事情我都不記得了。

「人家要是沒有義孝先生，就活不下去了。」我們還在交往的時候，美雪曾經這麼說過。「義孝先生。」她喊我名字的聲音，有如棉花糖融化般甜蜜，而且總是擦著有如印泥般顏色的口紅。「義孝先生。」美雪笑著喊我。我伸出手去，那張臉卻扭曲到不成人形。她一邊喊著「義孝先生、義孝先生」，扭曲的臉龐又逐漸變成人手的形狀，然後我就醒過來了。

不知何時我已經躺在自家的臥室裡，我不是在耳中海濱飯店嗎？春馬……對了春馬！我猛然起身，後方頭部卻痛得猛烈，我抱頭呻吟的時候，紙門「嘩」的一聲拉開了。

「哎呀，你起來啦？」

妻子靠在紙門邊呵呵笑著。「這傢伙，」內心湧起了些許的憤怒，「她又喝酒了。」

自從認識鐵也的未婚妻玲子以後，妻子真的變了，根本就是不同人。她開始經常喝酒，雖然只要一小杯啤酒她就能心滿意足，但那點量就讓她變得活力十足，反而讓人越看越火大。

我們的結婚典禮上，妻子被那堆親戚灌酒灌到醉倒，看見她站都站不好的樣子，我就禁止她以後不准再喝酒。告訴她那實在太丟臉了，所以絕對不可以再喝。但我也是為了保護妻子，畢竟女人那麼脆弱，要是在我看不見的地方被人灌醉，真不知道別人會對她做什麼。

明明幾十年來她都乖乖遵守我的命令，現在到底是怎樣？

妻子跪坐在我的床旁。

「一把年紀了，還喝那麼多。你完全醉倒了，結果呼呼大睡呢，還是阿翼把你送回來的。」

妻子瞪著我，我只好連忙辯解才不是那樣。

「是翼把我灌得那麼醉的啊，平常我才不會因為喝那點酒就睡死，雖然也是因為我最近睡眠不足，但都是翼害的。我明明要的是兌水的威士忌，但他肯定是故意讓人做比較濃的給我啊。

都是那傢伙灌我酒的，因為我會妨礙他綁架，所以才故意讓我喝那麼多，讓我醉倒，可惡……」

「綁架？你在說什麼啊？」妻子笑了出來。

「現在幾點了？」

正當我開口問道，就聽見晚上的路上警鐘響了。「居然已經晚上九點了嗎？」我渾身無力地碎念，總覺得好像浪費了很多時間。

庭院裡傳來了笑聲。

「……這是在幹嘛？」

「烤肉喔。」

「烤肉？」我懷疑起自己的聽力。我站起身，推著妻子走向庭院，妻子也腳步輕飄飄地跟在我身後，不知為何她相當開心地說：「因為阿翼送你回來啊，所以算對他的感謝，鐵也他們連忙準備出來的呢。」

大兒子正敏跟媳婦還有孫子們，昨天跑去溫泉旅行了，全都不在家。這個「他們」說的是誰啊？我站在緣廊邊想著。在面朝庭院的燈光下，我看見鐵也正站在烤肉爐前，同時也看見了玲子，我差點就要「嘖」出聲來。

「讓開啦，擋路！」

女兒雪菜忽然抱著裝滿香菇和青椒的盤子出現在我身後，從我旁邊走到庭院去，說著：「哥，這給你。」將盤子遞給了拿著夾子的鐵也。玲子沒有幫忙，反而悠哉地在一旁喝啤酒。我就是不喜歡這個女人的這種樣子。

玲子妳這傢伙，把我乖巧的老婆還來啊！

坐在椅子上的翼站了起來，向我低頭。

「雪菜妳來啦。」

我把翼晾在一邊，先跟久未見面的女兒打招呼，但雪菜根本不理我。

我唯一的女兒上了國中後就變得非常囂張，根本不聽我的話。

高中都不知道畢業了沒就說要離家，現在一個人住在外面的公寓，好像在做什麼美甲師這種難以理解的工作。現在她都二十八歲了，還是不跟我說話，所以我實在也搞不清楚她在做什麼。

三個孩子當中，最像我的就是正敏了，大家都這麼說。不管是外表還是性格，跟我意見最合的人也是正敏。畢竟我自己也是長男，所以可能有共通之處吧。雪菜從以前就跟正敏合不來，她只會親暱地對二兒子叫「哥、哥」。

「因為我今天是跟雪菜一起去養老院的。」

妻子為了化解尷尬這樣說道。她們似乎是兩個人一起去了妻子的母親那裡。妻子的父親是在十幾年前過世的，他的心臟不好，岳父住院期間正好與稻子的收割期重疊。我老爸放話說「妳可是這個家的媳婦」，不准她去照顧自己的父親，還說：「妳應該要以這個家的事情為優先。」

於是妻子沒能見到自己父親的最後一面。有時候我會覺得，星期六不管有什麼事，她都一定會優先選擇去養老院，或許是為了報復那時根本不敢反抗老爸的我吧。

空氣中飄盪著滿滿的烤肉香氣，雪菜拿著盤子接過鐵也放下的大塊肉片，非常開心地吃了起來。「阿翼，你們的醬料夠嗎？」雪菜開口問著。

「喂。」

我呼喚身後的妻子。

「怎麼啦？」

「那是誰？」

翼的旁邊有個我沒見過的年輕女性。

「那是小柳小姐。」
「小柳小姐是誰啊?」
「不知道耶,應該是阿翼的女朋友吧?」妻子搔了搔耳後,似乎懶得說明。
「哎呀,因為說要在我們家院子裡烤肉啊,翼說他晚上跟這女孩有約,所以我就叫他把小柳小姐一起帶了過來嘛。嘿嘿。」
鐵也似乎聽見了我們的對話,大聲向我說明。聽見這話,「小柳小姐」馬上站起身來,連忙低頭致意。她的兩頰鼓鼓的,看起來是剛把肉片塞進嘴裡吧。
猛一回神,我從緣廊打著赤腳跳下庭院。跑到翼的身邊大喊:「你把春馬、春馬怎麼了?!」
翼緩緩地將免洗筷放在盤子上,動作悠哉到幾乎令人憤恨。
「小柳小姐,幫我拿一下。」
他將盤子遞給旁邊的女人,然後站起來正面對著我,猛然將手伸進口袋裡。
我會被殺!我突然有這種感覺。這傢伙看起來一臉平靜,卻是個要不得的傢伙!我清楚記得他曾威嚇過我「嘎嘎嘎的吵死人了!」。
但翼拿出來的不是什麼刀子,而是手機,他開始打起電話。

「啊，平野小姐？飯盛怎麼了？咦？喔……這樣啊。哈哈！嗯，我知道了。謝謝妳。」

翼說完後便掛掉電話。

「他們應該會傳照片過來，請稍候一下。」

翼手中的手機響起相當短暫的聲音，他看了一眼畫面，就把手機轉了過來。

「現在似乎正在續攤。」

照片上是春馬被亞衣用手肘掐著脖子的畫面。

我把手機推回去給翼，搖搖晃晃地走回緣廊，坐下來抓抓頭，真是搞不懂。

翼在我旁邊坐下。

「真的很抱歉，騙了您。」

聽說在我失去意識之後，翼成功地把春馬帶走，然後把他帶到松田艾瑪（假名）握著方向盤的平野車上。

還老實地說什麼「我明白了。說的也是，什麼綁架嘛。當然不能這樣做。」，那時候，翼就是用LINE傳訊息給他隔壁的平野，在我沒發現的情況下繼續討論他們的綁架計畫。這傢伙真是有夠天不怕地不怕，這是我對他的新感想。明明一副軟趴趴的樣子啊，這傢伙真是的。

「對了，我說你啊。」我瞪著翼。

「你吼得很誇張耶，對著我怒吼。」

「噢。」翼聳聳肩。

「那種音量我也發得出來啊，如果想的話。」

他又說什麼，「畢竟用怒吼的方式來達成自己的要求，實在是很沒有品味，所以我平常絕對不會這麼做。還有，我平常在宴席上也不會幫人斟酒，今天我是覺得別無他法，所以才那麼做。」

果然是個瘋狂的傢伙。

「……之後的事情我是聽平野小姐說的。因為後來我把飯盛帶去平野小姐的車子之後，就扛著伯父回來這裡，所以我並沒有實際看到，飯盛和松田小姐之間到底發生了什麼事。」

「春馬坐進後座之後，平野就說『我會在這裡等你們』，然後就目送兩人離去。車子以相當猛烈的速度開走，平野也做好了心理準備，自己那三年前買下的這臺、還沒有付完貸款的車子，也許會因為松田艾瑪（假名）粗暴的駕駛而化成碎片。

不過大概三十分鐘後，車子就平安無事地回到耳中海濱飯店的停車場。下了車的春馬雙眼通紅，看都不看平野一眼，便一語不發地奔回耳中海濱飯店。松田艾瑪（假名）從駕駛座上離開，感覺神清氣爽。

『我有好好道別了，人整個輕鬆了。』

聽說平野還問她『真的只要說再會嗎？』，對方想了一下卻只顧著笑。

『真是受您照顧了，謝謝您。』平野目送松田艾瑪（假名）低頭致意後離去，心裡想著，她大概永遠都不會出現在春馬或亞衣的面前了吧。不知道她的本名叫什麼？也想著，如果是不同的方式認識，或許自己和亞衣都能跟她成為好朋友吧……」

以上就是平野在電話中，向翼報告的綁架事件詳細經過。

「明白了嗎？」

完全搞不懂。我還是抱著頭又搖了搖，聽完事情以後更是頭痛欲裂。

「那個松田艾瑪（假名）到底是想做什麼啊？做那種事又能怎麼樣？根本就沒有意義啊！

能好好說再見又如何？說與沒說不都一樣嗎？那個女人無法與春馬結合的事實，也不會改變啊。」

「不一樣喔。」

翼斬釘截鐵地說。雪菜走到他身邊，放下裝了麥茶的杯子。「喂，也拿給我啊。」雖然我開口了，她還是不理我。反而是妻子拿了麥茶過來，還丟給我一個憐憫的視線。妳那是什麼眼神啊，別這樣。

「沉默離去是最卑鄙的行為。兩個人一起開始的事情，善後的收拾卻只推給一個人去做。離開的人當然很輕鬆，畢竟只要忘掉就好了。但被留下的那個人卻不是這樣，他必須再三思索才能得到結論，然後才知道要怎麼解決。我認為好好地向對方告別，才是離開的人應該做到的、最低限度的禮貌。」

「小柳小姐有在吃嗎？」雪菜跟翼帶來的那位年輕女性搭話。「有。」女人點點頭望向這裡，用力揮了揮手。明明距離沒有幾公尺，翼也對她揮了揮手，看起來很開心。

卑鄙——這就是他幫松田艾瑪（假名）的原因嗎？因為他無法原諒晚輩如此卑鄙？

「但就算是卑鄙，唔，我也非常能夠理解春馬默默逃走的心情，畢竟要是女人哭哭啼啼、開始責備自己，或任性地說不想分手這種話，實在不是什麼高興的事。最好能免則免。」

「說什麼任性。」

翼一臉傻眼似地看著我，喝了口麥茶。

「人類都是有情緒的。」

翼說，「沒有人有那種權利，可以奪走交往對象表達情緒的機會。」

「但就算那時候哭了，女人也馬上就會忘掉的啦。畢竟她們就是薄情寡義的生物，所以根本不需要擔心啦。」

我哼笑了一聲，順便喝了口麥茶。冰得剛剛好，很好喝。我確認妻子人在廚房之後開口說道：

「我結婚大概過了五年左右吧，有一次我在路上正好遇到美雪。美雪。她反射般看向喊住她的我，瞬間有些狐疑，然後說了聲『噢』，便發出銀鈴般的笑聲。『噢，你好，好久不見了。』

她就這樣瀟灑地繼續往前走，再也沒有回頭。

那種態度，怎麼看都像是直到剛剛為止，早就把我這個人忘得一乾二淨。那個說什麼『沒有義孝先生就活不下去』的女人，居然只說一句：『噢，你好。』」

「是這樣嗎？」翼聽了之後歪著頭說。

「畢竟伯父你只看到美雪小姐的結果不是嗎？」

「結果？」

「被丟下的人要做到『忘記一切』，可是要花上很大的氣力。在走到那一步之前，他可能已經哭過了很多次……受傷了就會感覺疼痛，對吧。會流血、會流膿，就算治好了傷口，也只有受傷的本人才知道中間經歷了什麼過程。其他人只有看到他人治癒的樣子，所以怎麼能說『哎呀，這麼簡單就治好了，那根本就沒什麼嘛，受傷什麼的就忘了吧』這種話呢。」

「我啊，」翼頓了一頓，「一直都在那種人的旁邊看著他們呢。」他小聲地說完後面半句話。

「什麼受傷？怎麼，翼你受傷了嗎？」鐵也似乎是烤完肉了，跑來插話。

「我沒事，只是打個比方而已。」

「喔。」鐵也點點頭，突然轉向翼：「對了，結婚典禮送的甜點禮盒是什麼？年輪蛋糕嗎？」竟然問這種無關緊要的問題。

「不知道，我沒看，丟在車上了。如果是年輪蛋糕就給你吧，你很喜歡不是嗎？」翼起身說道。

「咦，真的嗎？太棒啦！」

他們兩人一起朝車子走了過去，女人們不知何時已經聚在廚房的桌邊吃著冰淇淋，吱吱喳喳笑得很開心。

只有我一個人被留在緣廊上。

「當然囉。」我聽見雪菜這麼說。什麼當然啊？沒用的大叔被孤伶伶地留在緣廊上是理所當然的嗎？鐵也有那麼喜歡年輪蛋糕嗎？這個家，站在我這邊的只有大兒子嗎？

我的腦袋裡還殘留著酒精，雖然試著反芻翼說的話，但還是搞不明白。呼～我大大吐了口氣躺下來，閉上眼睛後又再次吐氣。

對我來說，翼思考的那些事，我大概一輩子都無法理解的吧。

那就是現在的男人嗎？

「時代變囉。」先前妻子是這麼對我說的。

我可沒有變喔。我在心中回答。唉，事到如今，也沒辦法變了。

我一開始就知道不可能跟美雪結婚，畢竟父親和祖父肯定會說「那種來路不明的女人怎麼可以」，然後堅決反對我們在一起。所以我聽從他們的話，乖乖去相親，選了這個妻子。我並不後悔。

「義孝，你是長男，你有你的責任。你要繼承家裡，繼承田地，然後守護這些東西。你有責任要把這些交給下一代。男人不可以哭。」從我懂事開始，他們就是這樣教我的。

我盡到責任了，而且還是拚了命才完成的。

但為什麼我現在，竟落得一個人待在這個緣廊上呢？

男人的責任、長子的責任、家長的責任，大量的責任讓我有如穿著一件沉重的外套，但那些說著「好冷啊」卻從我身旁走過去的人，腳步都無比輕快。把名為過去的外套、把稱作古老價值觀的外套，爽快脫掉的那些人——就像是美雪、妻子、鐵也，還有雪菜。

我驚訝地發現眼角冒出了炙熱的液體，我該不會是在哭吧？我慌張地用手臂掩住兩眼，我不想被人看見，不想被任何人看見。

忽然有個冰涼的東西碰了碰我的手肘。挪開手臂一看，妻子遞來了冰淇淋的容器。

「要不要吃？你也來一點吧。」

「喔。」我支起上半身，接過容器。妻子抽了抽鼻子，聞了聞我袖子的氣味。

「妳在幹嘛，又不是狗。」

「……你又抽菸了吧？」

我被用力瞪著。「哼。」我別過眼睛，打開冰淇淋的蓋子。妻子端坐好後看著我說：

「欸，我說你啊……要活得久一點喔。」

妻子那平靜的語氣重重地敲在我的心上。

「你要是現在死了，肯定會非常後悔吧？」妻子一臉嚴肅地說。「沒辦法看到孫子長大，也不能參加鐵也的婚禮，依然被雪菜討厭。」

「討、討、討厭……」

我實在說不下去。當然我以前就感覺到了，但從妻子口裡明白地說出來，還是讓我大受打擊。

「趕快去做肺部的精密檢查吧，我會陪你去的。你啊，平常明明渾身帶刺，但重要的時刻卻又非常膽小。」妻子毫無顧忌地說出口，我啞口無言。

吐氣～還是乖乖承認吧，最近沒辦法睡好覺的原因，就是那件事。萬一是很嚴重的病該怎麼辦？光是想像我就覺得可怕，所以盡可能不去想。但越是逃避，腦袋裡就越是打結到睡不著覺。

不，我想一定沒問題的。才不會有什麼大問題呢！我拚命這樣說服自己，就是不願坦然面對。

其實我真的非常害怕，或許我會死掉吧？我怕死，真的怕到不行！

「說的也是。」我把湯匙插進冰淇淋裡，低聲念著。因為手中熱度，冰淇淋已經變成了柔軟的黃色海洋，然後全都被我用湯匙咕嘟咕嘟地倒進嘴裡。

「真想活久一點呢，秋子。」妻子聽見我說出平常根本沒在喊的名字，明顯地倒抽了一口氣。

她的手緩緩地放在我拿著湯匙的手上，那雙很難說是漂亮、還長出許多斑點的手。因為農務和做家事而變粗糙的皮膚以及突出的關節，這隻手一直都陪在我的身旁。

我放下湯匙，緊緊握住妻子的手。「我會去做精密檢查的。」妻子聽了也點點頭。

「那個……」

妻子稍微清了清喉嚨。

「結婚之後，我一直忍氣吞聲沒跟你抱怨的事，還有很多呢。我想在死前全部告訴你，所以你要活得久一點，我們兩個人都是。」

「還有很多？」我也清了清喉嚨，低語說道。不知為何聲音還有些顫抖。

「還有很多，是、是有多少啊？」

「這個嘛……畢竟累積了幾十年，數量很可觀喔。所以我希望用一樣長的時間來好好告訴你。」

妻子一臉淡然地笑著。看來，我暫時還不能死呢。

我不是為你而生

從病房的窗戶望出去能看見月亮。它纖細尖銳，彷彿用手去摸就會割傷。不知從哪裡傳來了惱人的狗叫聲。在這間四人房裡，能得到窗邊的床位也算是挺幸運的吧，要是只能一直盯著牆壁看，父親大概會不高興。

原本睡著的父親用力皺起眉頭，睜開了雙眼。

「你來啦。」

「大概十分鐘前。」我說。我坐在折疊椅上，父親卻喊了我的名字。「翼。」

「沒什麼變吧？——家裡。」

他說完又咳了起來。父親大概住院十天了，我們住在一個被山林包圍的土地上，雖然有個名稱叫「邊緣聚落」，但我家那一帶就只有兩棟房子，若要再加上「聚落」，總感覺好像哪裡怪怪的。對了，我家隔壁現在沒有人住，總之那裡不是什麼十天就會產生劇烈變化的環境。「沒變啊。」我回答。要說哪裡不一樣，就是今年庭院裡的柚子結果了，但看起來比去年還要小了一圈。

「原來，又過了一年啊。」我輕撫著正在咳嗽的父親的背，想到家裡被柚子小偷光顧已經過了一年。

父親的肝臟長了腫瘤，而且還不是一、兩個而已，這就是住院的原因。他每天從早到晚都在喝酒，就像在做功課，明明十多年前就曾因為心肌梗塞送醫治療，之後還每週去醫院回診，但他就是不打算改變飲酒的習慣。

回診的時候去的是私人醫院，也因為這次的事情，我才知道診療時父親總是大吹牛皮地說：「每星期只會喝兩次酒。」雖然我會陪他去醫院，但沒有一起進過診療室，所以根本沒發現他在吹牛。但這也不能當成藉口，因為我知道他在家裡是什麼樣子。我認為飲酒過量對身體所造成的傷害，就跟割腕沒有兩樣。而我長年以來都在放任父親傷害自己，所以我還是有責任的——父親肝臟生病的責任。

結果我也只能請醫院寫封介紹函，讓父親住進耳中市內的綜合醫院。雖然我對於醫療的事情不是很了解，但寫介紹信的醫生說，那邊有「治療肝臟很有名的醫師」，也聚集了不少治療各類內臟疾病的人士。

那個「治療肝臟很有名的醫師」在父親住院第一天就說了，「這應該沒辦法動手術。」他說，「雖然還能再活上一段時間，但能延續到何時真的不好說。」我和父親兩人是一起聽醫師說這些話的，我從旁邊偷看父親的側臉，他面無表情，我不知道他能否接受這個事實。

從醫院開了幾十分鐘車回到家裡，把從醫院帶回來的毛巾和睡衣丟進了洗衣機，我打開冰箱，看見已經過期的盒裝牛奶，我連同旁邊的鮮奶油一起丟了。

或許雞蛋也丟一丟比較好，雖然煮熟也還是能吃，但我現在實在沒有力氣做飯。丟在瓦斯爐旁邊的打蛋器已經積了薄薄一層灰塵，我還是假裝沒看見好了。

以前在週末的時候，我一定會烤個蛋糕之類的東西，也想著差不多該挑戰一下手工麵包了。但父親總是否定我的興趣，老愛說「大男人做什麼甜點」，還重重地嘆氣說：「你老是喜歡一些沒有男子氣概的東西。」這樣的父親如今不能待在家裡了。雖然有問過醫生，過年的時候能不能讓他回家一趟，但還不知道是否獲得許可。

醫院是否熄燈了？想起他抱怨過餐點很難吃，明天要不要買點什麼給他？畢竟明天星期六，不用去農協上班。

今天晚上先把洗好的衣服晾起來，再把累積的信件和報紙整理好，明天一大早再去買東西……不對，要先記帳。我在腦中列出待辦事項，安排優先順序，思考著更有效率的做法。

父親住院後，我問過他幾次「想吃什麼？」，他就只會回答「想喝酒」，真是讓人困擾。

我記得他好像喜歡吃鮭魚卵，還有星鰻。雖然住院的人通常不能隨意吃東西，但父親的身體恐怕已經過了吃好東西就能恢復活力的狀態。

下班後，我順道去趟醫院才回家，結果就變得什麼事都不想做，每天都想直接睡死。雖然沒有食慾，但也不能什麼東西都不吃，所以我還是把冷凍白飯及咖哩拿了出來，放進微波爐加熱。我呆立在微波爐前，心想「為何我會做到累成這樣？」，或許是醫院的氣氛實在太糟了。醫院裡，鋪著油氈布的走廊處處透著疾病氣息，推車上還放著黏稠的稀飯及燉煮的配菜，有時還會在樓梯的轉角處發現某人為了什麼問題而悄悄哭泣。醫院整體的氣氛都非常凝重，我實在很不喜歡。

手機響起了短暫的鈴聲。

「你今天也去醫院了嗎？辛苦了。」我愣愣看著小柳小姐傳來的訊息，不久又跑出來一句：「晚安。」

「小柳小姐也辛苦了，晚安。」送出訊息後，我依然對著暗沉的畫面看了好一會兒。

我將手肘撐在廚房的桌子上，揉了揉眼睛，試著回想過世的祖父母與親戚伯父們死前的經過。他們反覆地住院又出院，深受褥瘡和藥物的副作用之苦，還會將煩躁全都發洩在家人身上，然後逐漸變得消瘦、衰弱。有人在嚥下最後一口氣之前還有意識；也有人在死前幾天就完全失去了意識，彷彿在沉睡中死去。

父親準備迎接的最後那一刻，還剩多久呢？我祈禱他能多活一天是一天，但又不安地想著，這樣的生活如果要持續好幾年，我實在沒辦法。真的沒辦法。不管是體力還是精神，都沒辦法。

雖然覺得應該做不到，但又必須做下去。父親和母親十多年前就離婚了，所以無法再依賴母親了。父親只有我一個孩子，不管父親能好好活著還是會死去，我都得一個人承擔這件事。

正當我在超級市場挑選包好的壽司時，接到了一通電話，原本以為大概是小柳小姐吧，結果畫面顯示的卻是鐵腕的名字。他問我：「要不要去哪裡吃個午飯啊？」我馬上回答：「我要去醫院，所以沒辦法。」

「那我也一起去醫院，掰囉。」

鐵腕沒等我回答就掛了電話。雖然我們從小學開始就已經往來了二十餘年，但有時還是會覺得「你總是這樣」，有時候你就是這麼強硬。

父親雖然抱怨我買來的壽司「居然是超市的」，卻吃得比醫院提供的住院餐還要多。

「之後幫我買本筆記本過來。」父親說。今年春天，父親突然開始寫起了短歌，就連筆記本也都帶到了醫院，似乎很努力地在寫些什麼。

還說都已經寫滿了，要我拿本新的給他。我一邊收拾免洗筷和紙杯，一邊回說「知道了」。

「還有油性筆。」

「不是原子筆？」

我不經意地隨口一問，就看見父親用難以言喻的表情看著自己的手，我便知道是為什麼。因為已經沒辦法用力了，所以握不住原子筆。

「油性筆嗎，我知道了。」我別過視線，用輕快的語氣回答。

父親吃下藥後昏昏沉沉地睡著了，為了整理垃圾，我把床鋪旁的垃圾桶一把拉了過來。裡面似乎有不少揉成一團的東西，應該是從筆記本上撕下來的紙，這些大概都是寫壞的吧。我正打算整袋包起來的時候，突然瞄到了一個「悲」字，立刻反射般地撿起來。父親稍微扭了扭身子，我連忙把那張紙塞進了口袋。

我不經意地抬起頭，鐵腕正好打開病房的門，探頭進來。他發現我在看他，馬上露出一個無聲的笑容。平常不管是說話還是日常活動，他的聲音都非常響亮，多虧他還有這樣的常識，知道在醫院裡要保持安靜。我再次確認父親已經睡著了，便悄悄起身。

「好誇張喔，這裡都是老爺爺。四人房的四張床上，全都是老人呢。」鐵腕莫名感嘆地說道。「畢竟是醫院啊。」我回答。兩人在走廊上緩步前進。

「你每天這樣奔波，很辛苦吧。」鐵腕脫口而出。我不帶感情地回答：「不會啊。」

「那真的很累人呢。」我跟農協互助課的課長說我父親住院了，當時他也是這麼說的。我想，他們大概也只能這麼說吧，雖然也不是什麼特別的事情。

父親都七十九歲了，年齡上來說，會住院也沒有什麼稀奇。

我出生的時候父親已經四十六歲了，小學一年級的運動會，我就發現父親與同學的爸媽相比起來，似乎少了一點青春感。

或許是因為這樣，大概從十幾歲開始，我就已經做好某種心理準備，知道自己大概會比同齡的朋友們，還要早面對照顧爸媽的問題。

「去找小柳小姐吃午餐如何？」

鐵腕說出的店名，正是小柳小姐打工的那間家庭式餐廳。

「不要。」

我說要去醫院前面的那間蕎麥麵店吃飯，鐵腕一臉欲言又止地看著我，最後還是妥協了：「這麼近啊，那就不用開車了吧。」

「覺得不好意思嗎？」鐵腕掀開豬排丼飯的蓋子，喃喃說著。明明是午餐時間，蕎麥麵店裡卻只有我們兩個人。

連接廚房的那面藍色門簾，後方有個男人正攤開報紙，大概是老闆吧。鐵腕似乎認識那個男人，進來店裡後，還跟他談了好一會棒球，聊了聊景氣好不好等等。問了之後才知道，這個男人去年翻修過住家，當時就是委託鐵腕上班的須賀工務店做的工程。

「覺得不好意思嗎？」我假裝沒有聽見鐵腕說了什麼，他瞟了一眼我的海帶蕎麥麵。「沒有食慾嗎？」他換了個問題。

「有一點。」

「你要多吃點肉啊。」

他把自己的炸豬排飯挖了一些，放到碗蓋上推給我。我都跟他說我沒食慾了。

「不用啦。」我想推回去給他，他卻不厭其煩地說「你吃」。無可奈何，我拿起了筷子。突然，鐵腕又重複了一次剛才的問題。

「你覺得不好意思嗎？要你去找小柳小姐。」

沾滿甜鹹醬汁的飯粒，差點就哽在我的喉嚨裡。「啊，嗯。」一個不小心，我竟老實地回答是。

「因為爸爸正在住院，如果自己去吃好吃的東西、見可愛的女朋友，就會覺得不好意思？是這樣嗎？」

鐵腕放大了聲音。「小柳小姐不是我女朋友啦。」我剛出口訂正，他竟更加大聲地說了聲：「咦?!」藍色的門簾微微飄動了一下。

「她不是你女朋友！這算什麼啊？你們一天到晚在一起耶，不然你是那女孩的什麼人？你說啊？」鐵腕逼問著我。

小柳小姐大約一年前偷了我家庭院裡的柚子，理由是為了讓自己的外婆喝柚子果汁，她的外婆就是鄰宅空屋的住戶。

當時的小柳小姐似乎被逼到走投無路，感覺就像隻虛弱的小貓，或是迷了路的小小孩。總覺得不能放著她不管，所以之後我便多管閒事，經常照顧她，不知為何她也變得相當黏我。

雖然鐵腕三番兩次地跟我說：「那女孩看起來就是對你有意思啊，就跟她交往啦！」但我總覺得那樣相當卑鄙。脆弱的時候有人來關切自己，多少都會有點心動。我認為可能會讓她誤以為是愛情，我怎麼能利用這個年輕女孩的誤會，來讓自己順心如意呢！我從小就一直被別人說什麼「軟趴趴、太軟弱」，但我絕對不會做那麼卑劣的事。

小柳小姐對我產生的，真的是愛情嗎？而「不能放著她不管」的我，是否也把這樣的自己誤會成愛情了呢？這個問題我思索了將近一年，直到現在。

「事到如今哪有這種事！真是個麻煩的傢伙，你趕快去見她啦！她可是很想見你的呢。」

鐵腕這麼說，看來他最近有跟小柳小姐談過話。

「但她說你爸正在住院，怕你很忙。她可是一直在忍耐耶，好善解人意。」

我不去看正在說這話的鐵腕。這我當然知道。因為小柳小姐幾乎每天都會跟我聯絡，但都只是「晚安」或「早安」這種短短的問候，完全不像以前常說「我們出去哪裡走走吧？」或「一起吃個飯吧？」這樣詢問。

「小柳小姐好像說過，她不久後就會成為正式的員工了。」

我小聲地說了個不算答覆的答覆。成為正職員工這件事，是我在父親住院前最後一次跟她見面時知道的。「正職耶！正職！」她根本就是在原地又蹦又跳。小柳小姐對於「家庭式餐廳的店員」這個職業有著無比的執著與熱愛，這樣的她在我眼中真的非常耀眼。畢竟我自己會選擇在農協工作，不過是因為「應該不會倒閉」這種消極的理由罷了。

「所以呢？」

鐵腕匆促地動著筷子回。

「那麼，成為正式員工後會怎樣？」

「小柳小姐才二十三歲而已。」

「所以呢？」

「肝臟一旦壞掉了，就再也無法變好了。」

「……所以呢？」

「……我家老爸就算出院，也不可能好起來了，從此就要反覆住院或回診。總之，我接下來要面對的就是這些麻煩事，我覺得她最好不要再跟我扯上關係，這樣下去不用幾年，小柳小姐可能就會非常後悔……」

我話都沒說完，鐵腕便大吼：「笨——蛋！」幹嘛罵我笨蛋啦?!

「你也未免想太多了吧。」

鐵腕放下筷子，他碗中的食物不知何時早已吃得一乾二淨。

不能只是現在沒事就好，人生不是這樣的。人不能太短視，要懂得思考未來才行——前女朋友的母親曾經這樣對我說過。

我們交往了將近八年，原本有打算結婚。女友的父親是個地主，她則是獨生女，所以他說要我入贅才會同意我們結婚，因為他們「家」不能絕後。雖然大家都笑說「拜託，這都什麼年代了」，但前女友的父母卻非常認真。

前女友的母親毫無顧忌地問我：「時田啊，你的父母離婚了對吧。原因是什麼呢？」雖然覺得對方的問法和內容都相當無禮，但我還是盡可能地誠實回答。

前女友的母親聽完後，皺著眉頭說：「簡單講就是令尊的個性有問題吧。」大概是這樣。但不知為何，她好像很滿意自己的解讀。

「畢竟將來是要當親戚的，雖然時田你這個人還不錯……但說老實話，令尊還是讓人有點在意呢。做為父母親，還是希望孩子幸福啊，你說對吧？」

對方都這樣講了，我也無話可說。

「我們大概不能再見面了。」

前女友在電話裡是這樣說的。她說的不是「不見面」。她是那種不管什麼事都盡量避免說得斬釘截鐵的人，雖然人非常溫柔，但很容易屈服於他人。

「大概不能再見面是什麼意思？是妳爸媽說了什麼嗎？」我剛這樣回問，電話就被掛斷了。結果那成了我們最後一次的對話。

過沒多久，我就聽說她結婚了，應該是找到了她父母滿意的對象吧。

那也已經是好幾年前的事了。

早就過去了。我將文件盒移到手邊，為了依照期限安排處理的優先順序，我貼上了標籤之後重新排好。

就算爸爸住院，就算被朋友大罵笨蛋，工作也不能夠掉以輕心。不偷懶，把事情好好完成，這我還是辦得到的。無論我目前的身心狀態如何，工作就是工作，要認真處理，就算不是自己喜歡的工作也一樣。

「時田先生。」

我回頭看見平野小姐緊緊抱著非常多的資料夾，眉毛下垂地站在那裡。

「怎麼了？」

平野小姐是個認真又文靜的女性，說話的聲音很小，但她似乎長年都為這件事而煩惱。我個人是覺得這也沒有什麼關係。如果世上的每一個人都氣勢高昂，永遠充滿了笑容、一直展現著積極與活力、對所有的相遇都懷抱著感謝，活在這樣的世界我反而覺得渾身乏力。

「有什麼事情需要幫忙的嗎？」平野小姐清了清喉嚨說。我確認了手邊的文件，告訴她沒有，但她還是不肯離去。

「時田先生的臉色……很差。」平野小姐說。

她往前踏出一步，從口袋拿出整盒的營養補給品放在我的辦公桌上。我念出標籤上的文字——為疲勞的肉體補充營養。「這不是很貴嗎？」聽我這麼說，平野小姐一語不發。

「大概也要一千圓吧？」

平野小姐沒有回答。難道我的樣子已經落魄到讓同事這麼擔心了嗎？我居然還覺得自己可以好好工作。

平野小姐一臉困擾，她的樣子讓我覺得有點焦躁，得說點什麼才行。我甚至還愚蠢地想說，做幾個伏地挺身給她看，再跟她說：我只是看起來很累，但其實很有活力喔。

「沒錯，我知道那個。真的很貴喔！」此時卻有人突然插話進來。是坐在我隔壁的晚輩飯盛。

「我說平野小姐！妳讓時田先生喝這個東西，等他恢復活力後是想幹嘛啊？哎呀，討厭啦！」飯盛故作扭捏地吵吵鬧鬧。平野無視他，回到自己的座位上，不知為何她看似鬆了口氣，所以我也能笑著說：「飯盛你吵死了。」

我對著背對我的平野小姐說：「謝謝妳。」平野小姐短短回了句「不會」，此刻的她已恢復了平常工作時的氛圍，已經沒問題了吧。

父親住院至今正好兩星期，醫院的護理師似乎已經記住了我的長相，那位五十多歲姓宮野的護理師跟我喊道：

「你每天都會來，真的很棒呢。」

她一邊微笑地說，一邊迅速地把體溫計夾到父親的腋下，父親就這樣閉著眼睛任她擺布。

「不，沒這回事。」

真的很棒呢——把我當小孩子看待，這實在有點令人困擾。

「畢竟我是獨子。」

「要是有兄弟姊妹的話就能輪流照顧了呢，真辛苦。獨子真是辛苦啊。」宮野小姐還是保持微笑，除此之外她還會說：「要是有媳婦就好了呢。」要是這樣、要是那樣……像這樣隨意對別人的人生插嘴，就是這一帶人的娛樂，我盡可能地敷衍回話，強迫自己耐心等待這段對話的結束。這裡每一個人，都對自己的人生感到非常不耐煩。

體溫計終於開始嗶嗶叫了。

「瀑布。」

父親的口中突然冒出了這個字。

「咦？」

「咦？」

宮野小姐和我同時出聲詢問，父親緩緩睜開了眼睛，看見宮野小姐後，還喃喃說了些什麼。

「咦？」宮野小姐再次回問，不過我有聽清楚他在說什麼。

「我想應該沒什麼，父親大概是睡迷糊了。」

宮野小姐回頭時，略感困惑地看著我說：「是嗎？」

父親閉上眼睛，沒再多說什麼，之後便沉沉睡去。父親最近經常在睡覺。

畢竟現在也沒什麼事情好做，所以我想出去一下。我穿上外套走到醫院的中庭，經過了一臺自動販賣機，買了罐熱紅茶坐在長椅上喝著。

剛才宮野小姐沒有聽清楚父親說了什麼。

他說的是廣海[7]，母親的名字。沒錯，他看著護士的臉，喊了母親的名字。

不過瀑布是什麼呢？他真的是說瀑布嗎？是在瀑布有過什麼特別的回憶嗎？父親如今是否正在人生的各種回憶裡來來回回，夢與現實的界線也變得越來越曖昧了呢？

我之前從垃圾桶撿起來的那張寫壞的紙，我還帶在身上。文字相當凌亂，不容易閱讀，但我還是讀懂了。

上面寫著「請勿太悲傷」──

請勿太悲傷　我只因欲往淨土　擅自決定今日便啟程而前行

寫什麼辭世之句啊！什麼「請勿太悲傷」啦！我拿著紅茶罐的手微微地顫抖著。

7 日文的瀑布（滝）與故事中的「廣海」，發音皆為「taki」。

「翼？」

突然聽見有人喊我的名字，我驚訝地抬起頭。

「……嚇了一跳，真的是翼啊。」

前女友笑著在我眼前說出這句話。

「啊，嗯。」一時之間我擠不出任何話，只能多點幾次頭。

「覺得這個人跟翼長得很像，所以盯著你看了好久。我剛才在那裡。」

她把頭髮撥到耳後，指了指門診大門，左手的無名指上，閃爍著銀色的戒指。

「……我可以坐你旁邊嗎？」

「啊，嗯。」我跟剛才那樣一直點頭，像個笨蛋似的。

我這個前女友真是令人驚訝，因為她的樣子看起來完全沒變。

她從身旁的包包裡，拿出保溫瓶裝的飲料來喝。我心裡想著，她外出會自帶飲料的習慣也沒有改變。以前我們要出去玩的時候，她總是帶著一個大水壺，裡面裝了滿是水果香氣的紅茶。

「你不舒服嗎？翼。」

她關上水壺的蓋子問著。

「怎麼這麼問？」

「什麼為什麼，這裡可是醫院啊。」

我一邊遲疑著要不要說出口，但最後還是說了我父親住院的事。她大概也從我的聲音裡察覺到，我的父親不是因為骨折或檢查這種小事住院的，她的臉色馬上就沉了下去。

「這樣啊。」

「嗯。」我的回答根本沒有變化。但我又想，也沒有必要回得多機靈吧。

「妳呢？」

「欸……有點事情啦。」前女友笑得有些曖昧，我想還是不要多問的好。

「對了，這附近有瀑布嗎？」

「咦，怎麼忽然這麼問？」前女友笑著說。

「你還是一樣，問題總是這麼突然又神秘。」

「畢竟我們已經沒什麼共通話題可聊了啊。」

說完之後我倒抽了一口氣，輕輕咬了嘴唇。這樣說會不會太冷淡了呢？我們久未見面，實在無法拿捏好距離，甚至不知該怎麼面對她才好。

「這樣啊……嗯。哎呀，說得也是呢。」

「瀑布嗎？」前女友小聲地複述，接著說：「對了，這附近有的啊！」然後說出了那位在耳中市內的瀑布名稱。

「那裡有很多繡球花，我們一起去的時候，都說這裡好棒喔。啊……」

她用手遮住嘴巴，視線也從我身上移開。

我想她大概說到一半才想起來，一起去的人並不是我。前女友不知是否有點慌張，飲料的蓋子一直開開關關，動作有些倉卒。

看著她的樣子，我開始覺得有些煩躁。真想跟她說：「哎呀，沒關係啦。已經沒關係了。不管妳跟誰去看瀑布，都沒差啦。」

「真是不好意思。」

「沒關係啦……只是想說，好像是父親有過什麼回憶的地方，所以有點在意而已。」

「要不要問問令堂？你該不會到現在還嚴格遵守著『不自己聯絡母親』那個神秘規則吧？」她打趣地笑著。

「醫生不是常會跟病患的家人說『如果有想念的人，最好趕快過來見一面』之類的話嗎？不過，那通常都是非常危急的時候才會說的，很可能來到這裡的時候，病人早就已經沒有意識了，我爺爺就是這樣。所以還是趁現在讓他見見你母親吧。」

「我是不知道他想不想見我母親，但我母親絕對不會來見他的。畢竟，母親已經跟這個人離婚了，她已經得到了新的人生，不能阻礙她的選擇。

我們還在一起的時候，我沒有發現母親希望得到一個新的人生，我沒有發現母親是那樣痛苦，我讓她活在一個，每天祈禱能夠得到嶄新人生的生活裡。如今我們能做的最少、最小的事情，就是不要阻礙現在的母親這樣而已。我不會聯絡她，他們決定離婚的時候，我就作了這個決定。雖然有人說這個規則太神秘，但我一直都是這麼堅持的。」

「但我想只要好好說，對方一定會明白的，令堂也是。」

說什麼？好好說？什麼跟什麼？

「有什麼好說的。」

我的語氣比想像中的還要帶刺，卻怎麼也停不下來。

「他大概快死了，快來見他一面吧。要說這種話嗎？父親見到母親就會開心嗎？看到他們這樣的我，就會覺得自己好像做對了什麼，然後感到滿足嗎？」

前女友略略縮起身子，低下頭，喃喃說著：

「對不起，這不是我該多嘴的事。」

「……不，我才該說對不起。」

剛剛根本是我的遷怒而已，我忍不住抱著頭。

我的內心大概很混亂，總覺得腦袋一片混沌——父親已經開始意識不清；自己雖然一如往常地工作，進度早已多有延宕；每天都不能睡得安穩；前女友突然出現，樣貌一點變化也沒有。

我一語不發地坐了好一會兒，看著旁邊一臉尷尬低頭的她，心想：妳趕快走就沒事了，根本就不需要在這裡陪我，陪我這個腦袋混亂、今後也不會有什麼關係的人。

「是我太多嘴了。真抱歉，翼。真的。」

「不過翼啊……」前女友將頭髮重新撥到耳後好幾次，這是她在思索要怎麼表達時的習慣。

「我就再多嘴一件事。」她說這話的時候看著我。

「我跟你在一起的時候，真的很開心喔。雖然當時我不是喜歡你的一切，有很多地方都覺得『哎呀，這樣真的很討厭』，還有很多……像是關於將來的事等等。我真的想了很多，雖然我決定跟你分手，但我從來沒有想過，要把自己曾經跟你在一起的事實，當作從未發生過。」我的前女友說。

「就算不能『永遠融洽地生活在一起』，也絕對不是毫無意義的。你的母親肯定也是這樣。結婚、生子、住在肘差的歲月，所有痛苦或討厭的事，全都是自己重要的一部分。」

我以為她沒變，我錯了。因為她說的話裡，已經沒了過去最掛在嘴邊的「我想、大概～」。她以前總會避免一口咬定，把事情說得斬釘截鐵，而現在卻能說得這麼俐落明白。她真的變了很多。

「那我差不多該走了。」

我看著眼前站起身的這個人，開口說道：

「小幹。」

我終於能開口好好喊她的名字了。小幹看著我，歪了歪頭，就像在回應：「什麼？」

她的名字是幹子，所以我叫她小幹，以前一直都叫得很順口，但從那天開始，我就盡可能不把她的名字說出口，連在腦中思考的時候也一樣。我必須像這樣拚命地逃避，才能徹底抹除她在我心中的存在。

「那個……我是來看婦科的，這間醫院的。」

小幹忽然開口。正當我對「婦科」這個在我日常生活中，幾乎沒有使用機會的詞彙感到遲疑時，小幹又說出了一個更具體的病名：子宮內膜異位症。

「但是，我想生孩子啊。」

「為了不讓『家』斷後？」

以前小幹的母親是這麼說的。小幹搖搖頭。

「不是，我真的很想要小孩。所以，雖然非常不安，但還是努力接受治療，不會放棄。」小幹開朗地笑著。

原本我自己以為，小幹是屈服於父母才選擇與我分手的，如今我才知道並不是那樣。小幹是自己決定的，她沒有對自己的決定感到後悔，所以現在才能露出這種笑容。眼前的小幹，比我記憶中的每一個瞬間都來得美麗。美麗，而且非常遙遠。根本就不需要刻意逃避，因為她早已在遠方。

「你要去聯絡喔。」

小幹還是這麼說，所以我點點頭。「謝謝妳，我會試著聯絡的。」嘴上這麼說，但我想的不是母親，而是小柳小姐。

阿翼。你今天也辛苦了。

要去吃個飯嗎～了解。也想讓你看看車子。

我去農協接你喔。

我讀著小柳小姐傳來的訊息。小柳小姐在耳中市這個沒有車子就無法生活的鄉下，因為金錢考量，有很長一段時間她都是搭公車或徒步移動。上星期她終於買了車子，現在似乎非常開心。

在下班前五分鐘，有通電話打了進來，是參加互助會的人希望我們可以重新評估一下費用，重新報價。這原本應該是其他人的工作，不巧該負責人今明兩天都休假，我雖然已向對方說明，但對方卻堅持我來做也可以，總之快點完成就好。

這真是教人困擾，我看了看手錶。「總之明天一早就拿過來。」對方說完就把電話掛了。

只能聯絡小柳小姐，說時間要改晚一點了。口袋裡的手機震動了一下，我放在辦公桌下偷看。上面顯示小柳小姐的訊息「我到囉～」害我忍不住「啊……」出聲來。

「時田先生。」

平野小姐的聲音近在耳邊，不知何時她已經站到我旁邊了。我連忙把手機塞回口袋裡。她看見了嗎？

平野小姐稍微清了清喉嚨，又將眼鏡往上推，伸出手說：「那個給我吧。」又用了比平常還要小的聲音說：「你跟人有約吧。」她果然看到我的手機螢幕了。

「……沒關係啦，是我接的電話啊。」

發現她又開始顧慮起我的事，我連忙拒絕。
「我會快速做完的，沒問題。」
「這怎麼可能很快做完啊，不行！」
平野小姐幾乎要尖叫喊道，硬是從我手上搶走了便條紙。
「咦？幹嘛啦，還給我！」
平野小姐緊捏著便條紙，彷彿小孩子在鬧脾氣一樣拚命搖著頭。
「不給你。這、這個工作，我跟飯盛一起做。」
「咦咦？我也一起嗎？」
正準備要收拾回家的飯盛看了過來，發出了慘叫聲。
「對啊……沒問題吧。你就幫忙一下嘛。畢、畢竟，飯盛你總是太過依賴時田先生了，就今天幫忙他一下，還好吧？對吧？沒問題吧？對吧？」
不知為何平野小姐變得淚眼汪汪，飯盛被她的氣勢壓倒，不敢回嘴。
他重重嘆了口氣坐下來。「我知道啦～」然後就把剛剛才關機的電腦又打開了。
「抱歉，飯盛。」

聽見我的道歉，飯盛抬頭看著我說：「沒關係啦。」搖了搖頭。
「哎呀，反正我能賺加班費啊，也不錯啦。畢竟錢就是錢啊。」
飯盛模仿著古老電影的臺詞嘻嘻一笑。這傢伙也快要成為父親了。
「你快去吧，快點！」
依然淚眼汪汪的平野小姐把我推出門，我就這樣離開了農協。
「欸！阿翼～」聽見有人喊我，我往聲音的方向轉過頭去。明明待在車上等就好，我卻看見小柳小姐刻意走下車來等，還對我揮著手。
小柳小姐買的車子，顏色是天空藍。「雖然是輕型的二手車，但里程數還很少。」她一臉自豪地說。
「真不錯。」
「對吧？」
「快上車、快上車。」她把我推進了副駕駛座。雖然我考慮到回程的問題而告訴她：「我們還是開兩臺車去吧。」但小柳小姐仍堅持，「吃完飯我會把你送回來的。」
車子沒有熄火，流瀉出咖恰咖恰有些吵鬧的音樂。原來她喜歡這種音樂啊。

後座還坐了個巨大布偶。

小柳小姐在握住方向盤的瞬間，臉上看來有些緊張，或許是因為還不習慣開車吧。

「妳很緊張嗎？」

「……嗯。因為很久沒見了。」

我這才明白小柳小姐緊張不是因為開車的壓力，而是因為自己，我忍不住盯著她的側臉。「因為很久沒見、所以很緊張」這種話，也實在太可愛了吧。

「你可以不要一直盯著我看嗎？」

小柳小姐用左手遮著臉，試圖擋住我的視線。

「這樣讓人很害羞耶。」

「抱歉。呃，只是覺得很可愛。」

「什麼啦！這樣很害羞耶！」小柳小姐這次回得非常大聲，幾乎可以說是慘叫。

大概就是現在吧。如果要說出「我喜歡妳」這種話有所謂的時機。

「那個……」

「啊，嗯嗯嗯。咦，什麼什麼什麼？」小柳小姐有些前傾地緊握著方向盤，話說得飛快，完全不看向我。

「嗯，呃那個……」我要再次開口的時候，手機響了。我從口袋裡抽出手機，跟小柳小姐說聲抱歉，準備要接起來。上面顯示的是醫院的號碼。

電話另一頭傳來重重打在雙腿上的聲音，我忍不住用力閉起眼睛。

「咦、咦，怎麼了？」

「我馬上過去。」掛掉電話以後，小柳小姐瞄著我的側臉問。

您父親擅自拔掉點滴大吵大鬧，希望您能過來一趟——撥電話過來的人是這麼說的。

我向把我送到醫院的小柳小姐道歉：

「今天真是對不起，下次再一起吃飯喔。」

我邊說邊想著，下次究竟是何時呢？

「那我走囉。」正要下車的時候又被叫住。

「那個……我可以一起去嗎？」小柳小姐問我。引擎明明已經熄火，但她的手還是緊握著方向盤。好像不這麼做，就會被大風吹到其他地方去一樣，看來非常不安。

她又說，「我不會進病房的，我就在走廊之類的地方等著。」雖然我說不好意思讓她等，但小柳小姐仍堅持不會妨礙我云云。

「而且，阿翼的車子還放在農協的停車場吧。」

我這才猛然想起確實如此，深受電話內容震撼的我，根本完全忘了這件事。

「我知道了，好吧。」

我們把車子先放在停車場，再一起從夜間大門進去，一前一後走在陰暗的走廊上。雖然有兩臺電梯，不過比較近的這臺上面貼了張「故障中」的紙，我們只能耐心等待停在最高樓層的電梯下來。

內科樓層的電梯口有個大廳。

「妳在這裡等。」我請小柳小姐坐在大廳的長椅上。路過的宮野小姐小聲對我說：「哎呀，你跟女孩子在一起啊。」語氣似乎帶些斥責。

我走向病房。據宮野小姐所說，父親最初的異狀是中午吃完飯後，把吃下的藥吐了出來。他完全沒有動晚餐，拔掉點滴的時候還大喊一些莫名其妙的話，不過現在似乎已經穩定下來了。

「抱歉給你們添麻煩了。」我向宮野小姐低下頭，踏入病房。

父親對面的病床空了出來，那人是出院了、轉到其他病房，又或者是？

父親睜開眼，呆呆地望著天花板。

「爸。」

我開口喊他，而他用緩慢的動作轉動脖子，看著我。

「你那麼討厭點滴？」

父親沒有回答，是打算保持沉默嗎？我一直盯著他看，好不容易等到他開口。

「不用再治療了。」

「你在說什麼啊。」

搞不懂意思。不，雖然我懂，但我不想明白。

「反正都會死。」

雖然是這麼說沒錯。父親又看著天花板。

「畢竟就算活著，我也已經幫不上什麼忙了，這樣的話趕快死掉還比較好。」父親開始說起這種話。

「別說了。」

我大聲打斷他的話。

「別說了。幫不上忙又怎樣？你現在是怎樣？人又不是為了幫別人的忙而活的！又不是為了其他人而活的！反正都會死是怎樣?!」

牆邊不知哪張床傳來清喉嚨的聲音。

「但你也是啊，不對嗎？」

父親平靜地說著。他並不是打算平淡地說出這些話，只是已經沒有能跟我一樣放大音量吼叫的力氣。

「你也不是為了照顧爸媽才出生的不是嗎？夠了，你滾回去。回去睡覺。」

父親別過臉去。「我不想看見你的臉。」我聽見父親小聲如此說著，他用力抓住床邊鐵管的手鬆了開來。滾回去。我不想看見你的臉。滾回去。我不想看見你的臉——我的腦中不斷迴響著同樣的句子。

我打開病房的門，小柳小姐就站在眼前。

「啊。」

「抱歉。那個……站在這裡偷聽。那個……」小柳小姐相當手足無措。我想著應該要說點什麼好讓她冷靜下來，但我現在實在沒有從容到可以思考怎麼說話。

我們一起坐在大廳的長椅上，小柳小姐沒有開口。她將手夾在長椅與自己的大腿之間，頭低低的。

「今天真是對不起。」

我無法忍受沉默，再次重複了剛才在車上說過的話。小柳小姐點點頭回答：

「雖然說下次，但我也不知道下次是什麼時候。」

「下次再去就好了。」

「隨時都可以的。」

「而且就算『下次』見得到面，可能也會像今天這樣忽然被叫來。小柳小姐，這樣沒關係嗎？」

「……我不知道。」小柳小姐說完便低下頭去。

要是我沒問就好了。叫她回答這種問題，我又能怎樣呢？

低著頭的小柳小姐看向我，那強烈的視線讓我瞬間畏縮了一下。

「……那個，你希望我怎麼回答？你會問這個問題是因為覺得『有關係』對吧？你覺得我絕對無法忍受那種事情對吧？」小柳小姐的聲音越來越大。「人家！」她繼續說下去，又改口說道：

「我啊，是不太會忍耐的人。阿翼你是這麼想的對吧？」

我正要說「沒有那回……」，小柳小姐便用手制止了我，然後站起身。

「而且，這種『若是如何……就會怎樣？』的問題，我最討厭了！你又不知道是不是真的會變成那樣。阿翼，你是不是老在想一些，比未來更遠的假設問題啊？雖然是很慎重沒錯啦，但這根本就是一種膽小。」

她一口咬定地說著。被說中了這件事，我無言以對。

「……實在不好意思、我今天、就先回去了。」

小柳小姐一字一句，慢慢說出了這句話，看都不看無法回話的我一眼。當一個女孩突然開始對自己畢恭畢敬地說話，這究竟是件多麼棘手的事情，我還以為在自己三十三年的人生經驗中，應該早已知曉才對。我戰戰兢兢地點點頭。腦中雖然想到自己的車子還停在農協的員工停車場，但現在的氣氛實在不好開口說這件事。

小柳小姐走向電梯，按下按鈕，在門打開後，她走進電梯的那一瞬間，她看了我一眼。我們眼神交會的那一刻，我還在想該說什麼的時候，門就關上了。

「我一定要再說一次，那是你不好。」鐵腕一口咬定。「我知道啦。」我別過臉去，把剩下一半的丼飯推開。

這家蕎麥麵店跟上次來的時候一樣，還是沒有其他客人。原本我打算點蕎麥麵，但鐵腕非常強硬地阻止我，說什麼「就叫你多吃點肉啊！」，我無可奈何地點了豬排丼飯，但現在的我，實在沒有力氣把厚度十足、沾了麵衣油炸、又跟蛋汁裹在一起的豬排與底下的一大碗白飯吃完。

小柳小姐的事情，我先前已經在電話中跟他說過。應該說，後來我從醫院花了四十分鐘走回農協的路上，鐵腕剛好打電話來，我一不小心就全說了。

你是不是老在想一些，比未來更遠的假設問題？——那時候，小柳小姐是這麼說的。說起來，鐵腕也對我說過類似的話——你也總是看太遠了吧。

「畢竟，當然會思考啊。」

此時我的腦中浮現出小幹的面孔，那不斷思考著將來、最後選擇離開又笑得燦爛無比的面孔。

你也不是為了照顧爸媽才出生的不是嗎？——腦中響起父親的聲音。沒想到他居然在想那種事。此時我突然有了一種感覺，「我的」父親臉上，第一次浮現出了「其他人的」輪廓。那個無比固執、說話前會先動手的男人；那個在妻子離開後，變得比過去更無法敞開心胸的男人。

「一樣啦。」

鐵腕悄聲說著。

「我跟你還有伯父都是一樣的啦。你的臉色這麼蒼白，不管是誰都看得出來。你一心想著自己要一個人做這些事，然後頂著那副臉孔每天去醫院，伯父看你這樣當然會難過啊，他一定不想看見自己兒子變成這副樣子。」

聽他這麼說，我忍不住低下頭去。

「我知道你不想讓重要的人擔心，或有任何負擔。大家都是這樣想的，我也是啊。但如果開始追求這種事情，就真的會沒完沒了。」

鐵腕的音量越來越大，臉都紅了起來。

「完全不給別人添麻煩，這種事根本不可能！」

我沒有開口，鐵腕卻忽然大叫著：「翼！」

「幹嘛啦。」

「翼！」

「怎樣啦！」

「給我添麻煩吧！盡可能地麻煩我！畢竟，我是你在這個世界上最愛的人！」

「咦?!」

「來吧！」鐵腕大大張開雙手，害我差點笑出來。

「我才不愛你咧。」

「騙子！你老實說！」鐵腕的表情相當認真，「說你愛！我！」就算是開玩笑，他也未免太堅持了吧。我一開始還覺得有趣，但越來越覺得煩人。

「閉嘴啦，反正不是你啦。我在這個世界上最愛的人不是你啦，真的。」

「咦咦？」鐵腕探出身子。

「騙人的吧？不然是誰？是誰啦，你愛的人到底是誰啦，快說啊！」

他抓住我的肩膀拚命搖晃。我求救般地看向老闆，不知道是不是這個情境太詭異，他完全不敢看我們。有、有沒有人，有沒有人可以救我啊。我被一股強大的力量拚命搖晃，我的視野也開始變得模糊，總覺得意識也有點朦朧了。

「呃、唔……小……小柳……小姐。」

「啊啊？你說什麼？」鐵腕又聲如洪鐘地問我。雖然他好不容易放開了手，但我也在離心力下撞回了椅背。

「就說是小柳小姐啦。」

鐵腕「呼！」地吐了一口氣，然後說出令我無法置信的事情。

「他這樣說耶，小柳小姐。妳可以出來囉。」

那通往廚房的藍色門簾晃了晃，小柳小姐走了出來。因為太過震撼，害我差點從椅子上滾下來。「小柳小姐？」我喊她的聲音有些尖銳，但我哪裡還有餘力為此感到羞愧呢。

從臉頰紅到耳朵的小柳小姐看了我一眼，大喊著：「笨——蛋！」

庭院的柚子雖然每個都還很小，但已經結了十多顆果實。我用園藝剪刀「啪嚓」一聲剪下柚子，身旁的小柳小姐馬上把篩子遞了過來。她環顧庭院，再次說著剛才已經說了大概十次的「好寬敞喔」。

「我第一次進阿翼家裡嘛。」因為這個理由而不斷重複說著「好緊張」的小柳小姐被我帶到廚房。

我們仔細清洗柚子，用菜刀削皮。

小柳小姐去蕎麥麵店的前一天，鐵腕跑去小柳小姐的職場，猛然朝她低頭。

小柳告訴我說，鐵腕去拜託她：「那傢伙就是那種男人，我想今後大概也改變不了，但希望妳不要因此就放棄他。」小柳小姐回他，「我越來越不知道阿翼在想什麼了。」所以鐵腕就說什麼，「我會逼他說出真心話的，交給我。」然後跟蕎麥麵店的老闆講好，事先讓小柳小姐躲進廚房裡。

「哎呀，還真是很像八點檔呢！」老闆這樣對我說的時候，我想著：臉上噴出火來大概就是這麼一回事吧。

我這才真正明白，在我自己不知道的地方，有很多人擔心我、想辦法照顧我。「不能依賴別人」這種事，根本是我自己想太多。

將柚子大致切好放進瓶子裡，接著倒進蜂蜜，再用叉子把果實壓碎，然後就飄出了清爽的香氣。放一個晚上，柚子糖漿就完成了，用冷熱水或氣泡水稀釋就是果汁。這是以前母親教我的做法。

「去年也有做這個呢。」小柳小姐說。「是我們第一次見面的日子啊。」

我回答。

「我可以拿去外婆那邊嗎？我想讓她喝。雖然她可能已經不記得了。」

「好啊。」我點點頭。「我也想拿給父親喝。」

後來我不經意地詢問父親，那時喃喃說的什麼「瀑布」，但父親似乎不太記得。我再次思考著，雖然我覺得自己很懂父親，其實我對他完全不了解。當有一個人逝去，就表示有一個故事也會隨之消滅。一年前我也想著一樣的事情。

但父親現在還活著，還沒有消滅。

我將柚子皮整理好，一起丟進垃圾桶。原本想說「那棵樹已經變得非常瘦弱，也許明年只能結出更小的果實吧」，想想又沒說出口。

明年不知道兩個人還能不能開心地一起做柚子糖漿，也不知道明年兩個人還會不會在一起，或許會因為意外的無聊瑣事吵架分手，也很可能會陷入莫名的困境裡。和去年的此時相比，有很多事都不一樣了。我現在想著，對未來雖然感覺未知和迷茫，但還是不要只看向遠方吧。這樣才能避免看得太遠，導致當下的一切變得可有可無。

如果生命能夠預先設定好「明年」或「將來」的走向，然後將棋子往那個方向推進的話，應該很輕鬆吧。但人生不是這樣的，肯定會有預料之外的事情發生。我們大概就只能對眼前出現的事情一件件處理，再決定下一步踏出的方向。每件事情都要經過煩惱、徬徨與迷惘。

小柳小姐「嘿咻」一聲抱起了瓶子。

「要放進冰箱一晚對吧。」

「妳記得真清楚。」我驚訝地順手幫她拉開了冰箱門。

她的手上有柚子的香氣，小柳小姐將自己的指尖靠近鼻子，抽動著鼻翼。

「嗯。」如此回答的我，手上也有柚子的香氣。正準備開口說話，不知為何有股想哭的衝動。小柳小姐看著我的臉，歪了歪頭。

「為什麼你一臉想哭的樣子？」

我最近經常想起父親說的那句，「你也不是為了照顧爸媽才出生的不是嗎？」大家都不是為了某個人而出生的，我也知道，自己不是為了與小柳小姐相遇才出生的。但知道是一回事——

「只是覺得，能跟妳在一起我真的很開心。」

我終於能開口告訴她。之前一次都沒說過，明明是相當重要的事情。

和先前一樣臉頰紅到耳朵的小柳小姐，用我聽不清楚的小小音量說了些什麼。雖然我沒聽見，不過從嘴唇的形狀能猜到她說了什麼。但我還是想用自己的耳朵聽清楚，所以喚著她的名字。「小柳小姐，拜託。剛才那句話，妳可以再說一次嗎？小柳小姐。」

國家圖書館出版品預行編目資料

我以為大人不會哭 / 寺地春奈著；黃詩婷譯. -- 初版. -- 臺北市：皇冠, 2024.11　面；公分. -- (皇冠叢書；第5192種)(大賞；171)

譯自：大人は泣かないと思っていた
ISBN 978-957-33-4221-2 (平裝)

861.57　　113015334

皇冠叢書第5192種
大賞｜171

我以爲大人不會哭

大人は泣かないと思っていた

作　者—寺地春奈
譯　者—黃詩婷
發 行 人—平　雲
出版發行—皇冠文化出版有限公司
台北市敦化北路120巷50號
電話◎02-27168888
郵撥帳號◎15261516號
皇冠出版社(香港)有限公司
香港銅鑼灣道180號百樂商業中心
19字樓1903室
電話◎2529-1778　傳真◎2527-0904
總 編 輯—許婷婷
責任編輯—蔡維鋼
行銷企劃—謝乙甄
美術設計—鄭婷之、李偉涵
著作完成日期—2018年
初版一刷日期—2024年11月

法律顧問—王惠光律師

讀者服務傳真專線◎02-27150507
電腦編號◎506171
ISBN◎978-957-33-4221-2
Printed in Taiwan
本書定價◎新台幣360元/港幣120元